春画秘帖
江戸のおんな

歌川国貞・葛飾北斎

監修 安田義章／現代語訳 佐野文哉

春画秘帖

江戸のおんな

目次

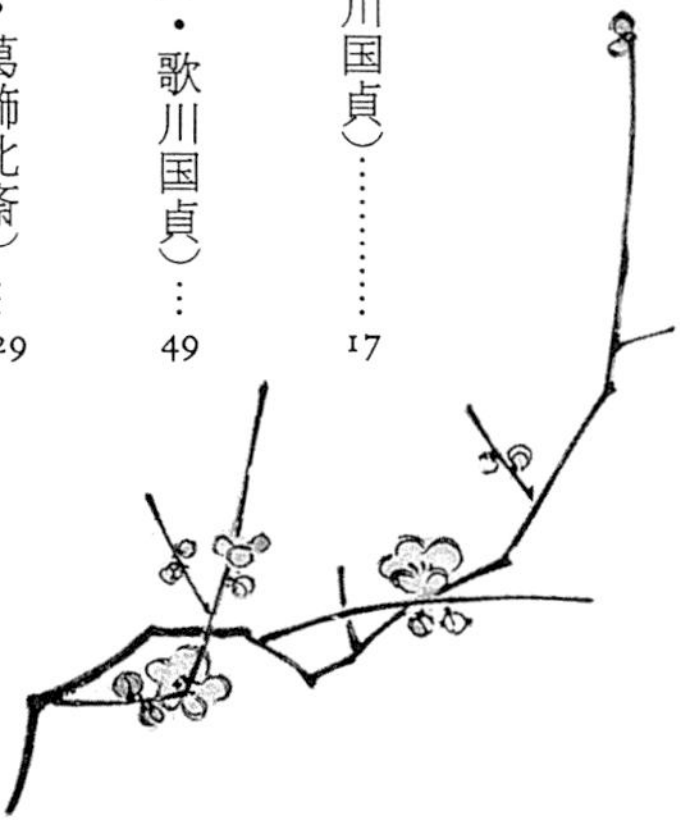

秘蔵の「高橋鐵《てつ》コレクション」

江戸文化研究家　安田義章

本書は昭和三十年代に、知る人ぞ知る〝性の探究者〟故高橋鐵氏が収集された膨大な艶本コレクションのなかから、江戸文化の爛熟期に生まれた名作艶本を選りすぐり、現代語訳をそえて百数十年ぶりに甦らせたものである。

高橋鐵氏は昭和二十二、三年頃、板橋区常盤台の居宅に、名称「日本生活心理学会」なるものを創立して以来、昭和四十六年に逝去するまで、あらゆる広い分野において、性にまつわる研究をされていた。当時、著書も多数発表しているが、その一面、浮世絵・春本等の研究においても他に類を見ない傾倒のされようであった。

私は、偶然の機会から高橋先生との知己を得て、氏の所蔵されていた膨大な資料の整理や秘蔵資料の収集、発掘などの一たんを担う機に恵まれた。

以来、早くも半世紀近い歳月が流れてしまったが、氏を通しての春画・艶本等との出合いによって、以後、私の人生の指針が良い意味で狂った方向に向けられたと言っても過言ではない。その後も幸にして良き諸先生の御手引きを頂いて、北は青森、南は博多まで各地にわたり資料収集の旅行を繰り返して来た。勿論、そこ〳〵の苦労はあったものの、振り返ってみれば、どれも愉しい旅であった。

そうして集めた資料を、そのつど写真撮影しておいたものが、私の手元に数百本のフィルムとなって残存し、その一部が本書の形となって半世紀ぶりに日の目を見ることとなったわけである。

江戸末期に活躍した絵師・歌川国貞が描いた数多い名作艶本のなかでは、『春情妓《しゅんじょうぎ》談水揚《だんみずあげ》帳《ちょう》』『艶紫《えんし》娯拾余帖《ごじゅうよちょう》』『生写相生源氏《しょううつしあいおいげんじ》』の三点を復刻することにした。

葛飾北斎の手になるものは『喜能会之故真通《きのえのこまつ》』を取りあげてみた。

どれも上・中・下の三巻からなるもので、いずれも画を巻頭にまとめた体裁をとっている。後半の文章とは関わりのない口絵扱いの枕絵が入っているのが大半であるが、『春情妓談水揚帳』だけは当時のベストセラー作家、柳亭種彦《りゅうていたねひこ》の小説に歌川国貞が挿絵をそえた形になっている。やはり巻頭に画をまとめてあるが、物語の展開に脈絡なく綴じてあるので、本書ではシーンに合わせて並べ換えて挿入したが、これは要らぬ配慮であったかもしれぬ。

北斎の天衣無縫な春画

寛政改革のなかで、喜多川歌麿が数々の名品を発表している頃、じっとその出番がくるのを待っていたのが、かの天才絵師・北斎である。あまたいる絵師のなかでも北斎は独自の風格の持主だったと思われ、世に放浪画家といわれるほどに、各地方に作画旅行をしている。

（つい先頃、私の友人で埼玉県本庄市在に北斎の肉筆画があると聞いて訪れ、拝見してきた。扇面に描いた飛脚が走る風景画であった。時も時、折も折りとして面白いものだと思う）。

北斎は、みずから「画狂人」と名乗り、その画歴にいたっては五十余年に及ぶとされている。この日本のピカソとでも呼びたい天才画家は数多くの名画――『冨獄三十六景』をはじめとする風景画、人物画を描いているが、歌麿や広重とともに西欧のゴッホやゴーギャンに〈ジャポニスム〉として大きな影響を与えたことは、あえて言及するまでもない。しかし北斎は意外に慎重な人だったらしく、かの改革の嵐が世上に吹きまくっている頃は、春画などを発表した記録がないのである。その頃の作品で世界的にもみとめられ注目されているのが『北斎漫画』『踊独稽古《おどりひとりげいこ》』等の名品である。

やがて世上の嵐がおさまった頃、まず製作したのが、大錦絵、『つひの雛形《ひながた》』そして『浪千鳥《なみちどり》』である。いずれともに組ものとしては大作で、とくに浪千鳥のうち一枚に雲母仕上げの絵があるが、これなどとくに美事な出来栄えで、いずれ紹介する機会もあろうかと思う。そして、本書に収めた代表作『喜能会之故真通』はもう一つの異色作『万福和合神《まんぷくわごうじん》』とともに滑稽なる本として人気を博した作品である。

北斎の画でとくに印象に残るのは『喜能会之故真通』における画文の一つに、大蛸と小蛸が、海女《あま》にからみついている図がある。その大胆な構図と画の書き込みにみられる大蛸・小蛸のユーモアあふれる語り口は、けだし絶品といってもよかろう。歌麿の一枚絵にも同じようなものがあるが、二人の間にはなにか共通したものがあったのであろうか、興味深い。

ほかに、文字をひっくり返して画中に書き込んだ謎解き文や、〝間違い捜し〟かと思えるような酷似した構図の二枚画など、北斎の遊び心と洒落心が随所にうかがえる。

人気作家、柳亭種彦の死

一八四一年、水野忠邦によって行われた天保の改革により、当時、黄表紙類の戯作者たちは版元とともに一網打尽に検挙されることになる。縛命《ばくめい》は風記を乱すもの、加えて当時の政治を揶揄《やゆ》するような本を出版した廉《かど》によるお咎めであった。

当時の超ベストセラー小説『偐紫田舎源氏《にせむらさきいなかげんじ》』によって一世を風靡していた流行作家、柳亭種彦もこの改革により版元とともに槍玉に挙げられることになる。その折に押収された本や版木などの類は、大八車数台に満載されるほどの量だったとされている。

種彦は本名を高屋彦四郎といい、天明期に江戸の旗本家に生を受けた武士である。最初の処分は彼が旗本武士の故かはともかく、今の言葉でいえば「身分を考えて謹慎せよ」という程度の軽いお咎めで一度は落着している。

諸説あるが主たる原因は、一人の侍がベストセラー小説のなかで、時の幕府の腐敗ぶりとあわせて将軍家斉の乱れた生活を描いていたためであろう。ちなみにこの時の奉行は、かの「遠山の金さん」こと遠山景元であった。

しかし、種彦はそれにもめげず作品を書き続け、ついに二回目のお咎めを受けることになる。その一因となったのが、本書に収めた『春情妓談水揚帳』であり、最後まで召換に応じなかった種彦は、結局、自殺死を遂げている。

とまれ、懲《こ》りずに艶本を書いて死を招いた〝旗本退屈男〟が近代文学史に名を連ねていることは、なかなか感慨深いものがある。あるいは種彦にしてみても内心、武士の本懐ならぬ、戯作者の本懐なりと自負していたかもしれない。享年六十歳であった。

未完の大作『水揚帳』

『水揚帳』は『田舎源氏』で当てに当てた名コンビ、種彦と絵師・歌川国貞の合作による艶本中の傑作である。

歌川国貞は、北斎とはちがって、職人肌の名挿絵画家といってよく、さしずめ現代にたとえれば、かの名挿絵師、岩田専太郎のような人であったのではあるまいか。

察するに、種彦もさぞかし仕事のしやすい相棒で、その故にあるいは本造りの面白さにとらわれて、お咎めにもめげず戯作を書き続けたのではあるまいか。呼吸《いき》の合った軽妙な味が随所に見てとれるからである。

国貞は隠号を「不器用又平《ぶきようまたべい》」としゃれて名のり、画の各所にその記入が見られるが、押しも押されもせぬ江戸随一の器用な職人絵師であった。

二人のコンビによる仕事は、色道を指南した『艶紫娯拾余帖』もあるが、やはり『水揚帳』の読本としての造りようにはかなわない。しかし、続篇刊行による長篇の意欲がありありと窺えるにもかかわらず、残念ながら、種彦の死によって『田舎源氏』ともども未完に終っている。

わずか百数十年前に書かれたものでありながら、艶本あるいは画の書き入れ文字が判読しにくいため、とかく春画のみがクローズアップされ、残念ながら、本の体裁や作り手たちの意図が伝わらず、曖昧に受け取られているのではあるまいか。そこで本書は、当時の江戸庶民が読物として密かに楽しんだであろうその時限を、現代にタイムスリップさせて訳し、読本をまるごと復元したものである。ただし、『正《しょう》写《うつし》相生《あいおい》源氏《げんじ》』だけは国貞の豪華絢爛たる画のみを巻頭に収録したことをお断りしておく（これは福井藩主松平春嶽公から特注を受けて描いたと伝えられる逸品である）。

現代語訳にあたっては、かつて『峠の女』という紙芝居風の稀画本でともに仕事をした時代小説作家の佐野先生にお骨折りをかけ、解しやすい文にしていただいた。

現代語訳にあたって

佐野文哉

本書の現代語訳を頼まれたのは、私が『北斎の弟子』で新人賞（第五十六回・「オール讀物」新人賞）を受けたことがあるのがきっかけであった。北斎については多少調べたことがあったので、北斎のものならと引き受けたのだが、たしかに北斎の秘戯画『喜能会之故真通《きのえのこまつ》』のすばらしさ、遊び心の妙には改めて瞠目したものの、その書き入れの難解さには、まいった。難解とは、底本の旧字体（変体がな・崩し字）の難解であった。知人のその道に携わる者たちに助けを求めて現代字体に起こしたが、なお正確を期しがたかったことを告白せざるをえない。

その難解さは北斎の書き入れに限らないうえに、現代語訳もやさしい仕事ではなかった。画の書き入れは会話であるから、地を出すために現代語訳は試みないつもりであったが、地のまま出しては現代の読者には解りにくいだろうと思われた箇所は、原文の調子を損なわない程度に変えてみた。

たとえば、「ちっと寝なはんねへか」は、現代語なら「少しおやすみになりませんか」であるが、「ちっとやすまねえかえ」とした。「ちっとやすみいせんか」「ちっと寝なんし」などとの選択に迷った末である。

こういう選択は、画の書き入れに限らず、会話に限らず、全体に通じるものであった。原文の味・調子を残そうとすると、完全な現代語訳がしばしばためらわれた。吉行淳之介訳『好色一代男』（中央公論社）などに比べると、本書の訳はやや時代小説風なところが散見されるであろうが、原文の味を残したと私は思っている。

艶本と現代のリアリズム小説とを比べるのは無理なはなしであるが、いちばん小説の体《てい》をなしているのは『春情妓談水揚帳』である。ストーリーがあるのである。多彩な人物を登場させて伏線を張り、二番帳で波瀾と完結を計ったのであるが、二番帳はついに成らなかった。一番帳に示された伏線を保って二番帳を描いてみたい（推理ポルノ小説になるだろう）と私さえがそそられるほど作者の意気込みを覚えるのである。惜しい。

北斎の絵を挿画とする『喜能会之故真通』は、花田梅之丞という希代の美男を登場させながら、やることは、その家の娘を誘惑し、医者になってからは患者の後家を陥落させることくらい。北斎の秘戯画の精緻絢爛と書き入れの感動詞・形容詞の怒涛に圧倒されて、本文がいささか色あせて見える。梅之丞の不良少年的色事はおもしろいが、読者はどうであろうか。

それにひきかえ『水揚帳』の随所に散りばめられたユーモアはいささかの古さも感じさせず、艶本がまさしく滑稽本であったことを如実に伝えている。

そもそも、事の最中に上げる、起こる声・音などは大らか＝ユーモラス以外の何ものでもない。笑いを引き起こすものに〝不自然〟があるが、あの声・音によって私たちが覚えるユーモアは不自然によってもたらされるものではない。それは秘戯画に見る男性性器の誇張と同じもので、ユーモアと誇張が逆に迫真性を覚えさせるといっていい。秘められるべき事柄を書きあらわさんとした作者たちの韜晦《とうかい》のリアリズムだったろうと、改めて実感した。

大らかの典型であるような濡れ場が第二巻に出てくる（歌麿画『会本婦美好図理《えほんふみすずり》』）。期待されたい。

『艶紫娯拾余帖』はエッセイ風艶談である。種彦の筆による「雪の夜」、「月の宵」、「花の夕べ」に語られる色道奥儀はいずれも聞いたような話ではあるが、さすが名文であった。

註釈をつけたほうがいい語はきりがない。つければ、たとえば『水揚帳』の序の一節など、「鶺鴒《せきれい》の教え」「茶臼」「逆床」「刺鯖」「後取り」と一行のあいだに五つの語に必要となるし、註にいちいち目をやる煩わしさは読む興を半減させるので、註釈はつけなかった。さらに故事、隠喩でさらりと述べているところにいちいち註解していたら原文の味・調を損うこと甚だしい。

意味のとれないところは、原文を引き写しにするか、前後の続きで意訳した。

なお、画の書き入れにとくに多い擬声語・擬態語のくり返しについては、訳す際に一部を省略した。

古文書の現代語訳というような仕事は、いろいろの指摘を受けて完成するのだろうと思っている。大方のご叱正を願うものである。

生写《しょううつし》相生《あいおい》源氏《げんじ》

歌川国貞

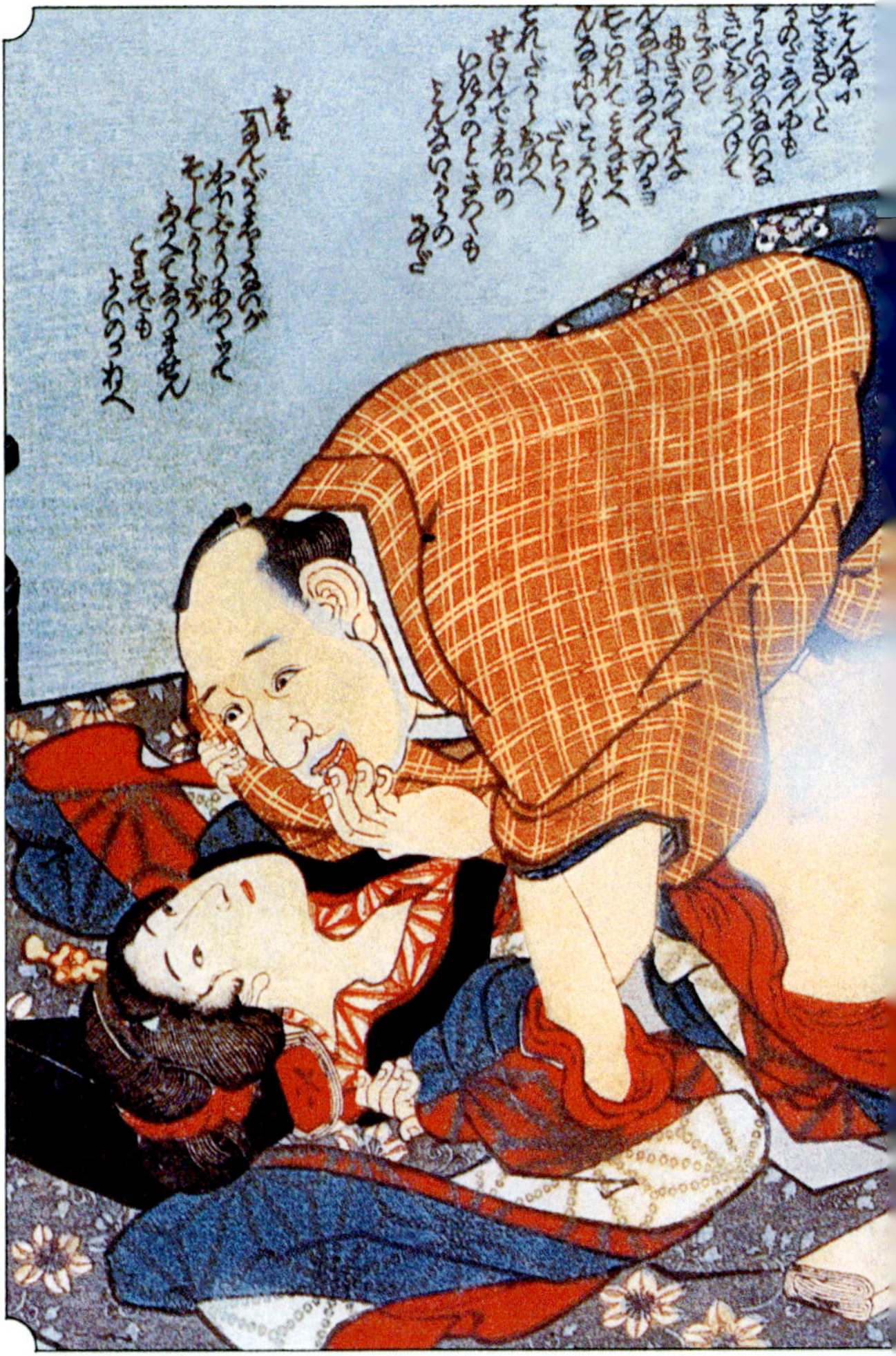

○先々の画《ゑ》の
古今《こきん》傳授《でんじゆ》
下り乃巻《まき》の
始《はじ》め

過去の物

春情《しゅんじょう》妓《ぎ》談《だん》水《みず》揚《あげ》帳《ちょう》

歌川国貞

序

ずっと以前は花川の渡しとか呼んでいた竹町の近くに色好みの男がいた。「商売の杉丸太がたちつづけ」とは丈八の名科白だと感心し、朝《あした》に花を眺めては、女が〃あれもう〃と赤らめる耳たぶの色を思い浮かべ、夕《ゆうべ》に紅葉を賞美するときは、衣《ころも》の裾にひらめく湯文字の紅に比べながら盃を傾けるので、酒も、〃剣菱〃というような無骨《ぶこつ》な名のものより、女の小袖に染めた〃花筏《はないかだ》〃でなくてはとつぶやき、妙な形の赤貝やぬらぬらした蓴菜《じゅんさい》を賞味して、色事にふける毎日である。

好きこそものの上手なれと諺《ことわざ》にもいう。されば、このあたりで例のおもしろい草子をつくってみようと思いたった。

しかし今の世の人は、鶺鴒《せきれい》の教えにまつまでもなく、茶臼を見て逆床《さかどこ》を思いつき、刺し鯖《さば》にならって後取りを工夫する。四十八手などははるか尻目に百手千手を極めようとするほどであるから、その上に書き加えることがあろうとも思えない。

この近くに、人の話を用済みの水揚帳の裏に拾い書きしている人がいるというので、それに習って〃水揚帳〃としたが、このような草子の筆をとるのは初めてのことという意図もあるのだろう。

〔上の巻〕

一、番頭の一言はよく釘の利三寸貫木

場所はそんじょそこらの、どこにでもある裏茶屋の二階である。

まず正面に目に入る壁はお定まりの泥大津で、三尺の床の間は房州砂の裾取りに江の島のさらし貝を塗り込み、煤竹を横に渡してある。掛物は光琳風一輪椿の袋表具、鮎篭の花立に木咲きの梅がからみつけるように活《い》けてある。垂撥《すいばつ》を掛けるべきところへ大小のお多福面を下げ、富士権現土産の麦わらの蛇と酉の市の熊手は屋根裏の埃に埋もれている。部屋の広さは一間の押入の跡をいれて五畳である。

そこにあまり上等ではない布団を敷いて腹這いに寝そべり、客の鼻紙袋からむやみに小菊を引き出して枕紙を当て替えているのは、舞鶴屋の花魁《おいらん》菊里の世話女郎で菊の井という色っぽい女。

年のほどは二十一、二、色白でふっくらした肉付き、黒目がちで口もとがかわいい。座敷《ざしき》持《もち》になるよりも浮気するのに都合がいい今のほうがよいという気まま者である。引締《ひきしめ》島田に角のとがった笄《こうがい》と水色の前髪止《まえがみどめ》を落ちそうにちょいと差している。帯と表着と客の羽織はたたみもせず、屏風《びょうぶ》に投げかけてある。

思い入れの都々逸《とどいつ》を口ずさんでいるところへ上がってきたのは、小七という黒舟町で茶道

屋徳兵衛

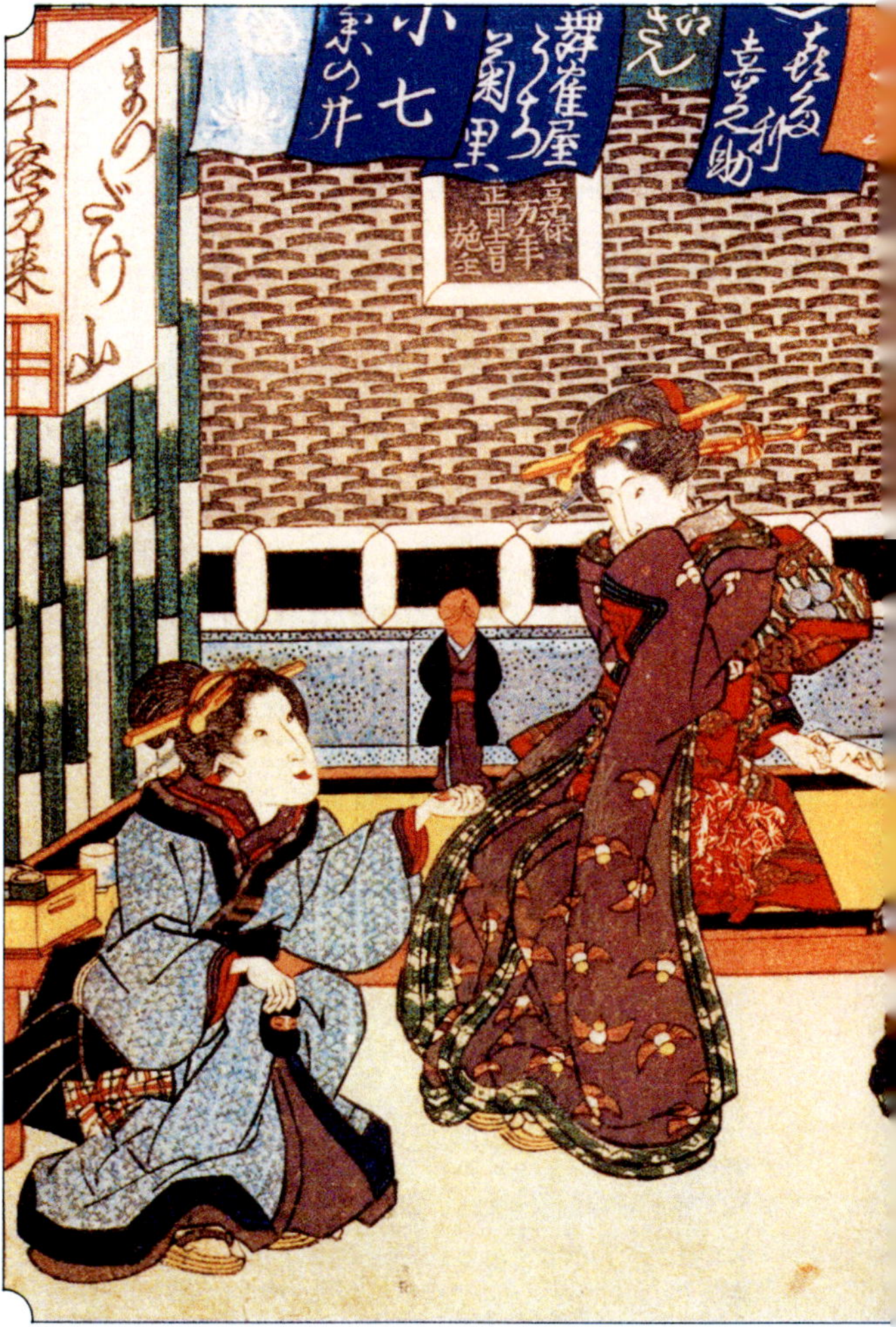
小七
舞雀屋
喜之助

具屋をいとなんでいる男。梯子から下をのぞいて、

「なに、お楽しみどころか、あとはいつでもお苦しみさ。鐘四つ（午後十時ころ）を打ったら、おかみさん、きっと教えてくんな。揚屋町のが聞こえるだろう」

と捨て台詞を言いながら、ふくらんだ煙草入と半染《はんぞめ》の手拭を左手につかみ、右手に墨水形の四分一《しぶいち》の煙管を持って、ちょいと屏風をはねのけ、

「おや、こいつは早い手回し、いつの間にかお休みだ。これこれ、いくら人の紙だとて、ちょいと寝るばかりだから一枚巻いておけばいいのにむやみに使うものだ。ありゃ、羽織もたたまずか。所帯知らずもほどがある。お前《めえ》をかかあに持つもんは貧乏くじだぜ」

と言いながら夜着をひんむく。

「あれ、足が出るじゃないか」

「何が出ようがいいじゃねえか」

「恥ずかしいよ」

「十年も前にゃ恥ずかしいこともあったろう」

「おや、お気の毒さま。主《ぬし》こそ所帯知らずだ。皺になるから下着におなりよ」

と言うや菊の井、男の帯をぐるぐるとたぐり取り、上着を脱がせてぴったり抱きつくと、右手をすぐに枕の間に差し込み、軟らかなふくら脛《はぎ》を男の足にちょいとかける。男はすぐ膝を割り込んで、右の手はどこへ行ったやら……

女は少し顔をしかめて、

「冷たいお手々だねえ」

「お前《めえ》の股があったけえのよ。うまそうにぽちゃぽちゃしてらあ」

「ほんにわたしゃ、どこまで太るのかしら。お酒のせいだよ」あとは小声で、「およしよ、お嬢さまじゃあるめえに。そんなこたあせずともいいわな」

「とは言うけど、なんだかお前……」

「そりゃ、生きてる体だもん」

耳がほんのり赤くなると眉間《みけん》に皺が寄り、鼻息せわしく、われ知らず体に波を打たせて、

「あれさ、よしなと言うに。情の強《こわ》い……」

と男の手を押しのけ、上に抱き上げ、当てがってさまざまに体をよじるが、男はわざとじらして、やわりやわりとあしらう。女はいよいよのぼせて、この節《せつ》はやりの横取りと本手《ほんで》の間に持ちかけて、右の足を伸ばして左の踵《かかと》で男を引き寄せ、ひとりであせって気をやる。

「ああどうも。見すかされてもしかたがない」

ほっと溜息をついて目をあけると小七の頰を指で突き、「平気な顔で憎らしい」

なおも下から持ちかけ持ちかけ、小袖をはおって体をぴたり合わせれば、情の水が冷たく流れる。大店《おおみせ》の新造《しんぞう》が想う男に尽くす技は素人女では味わえぬものだが、己《おのれ》がはやりすぎてまたも味な気になり、火のように鼻息せわしく、熱い頰を頰にすり寄せ、われを忘れて取り

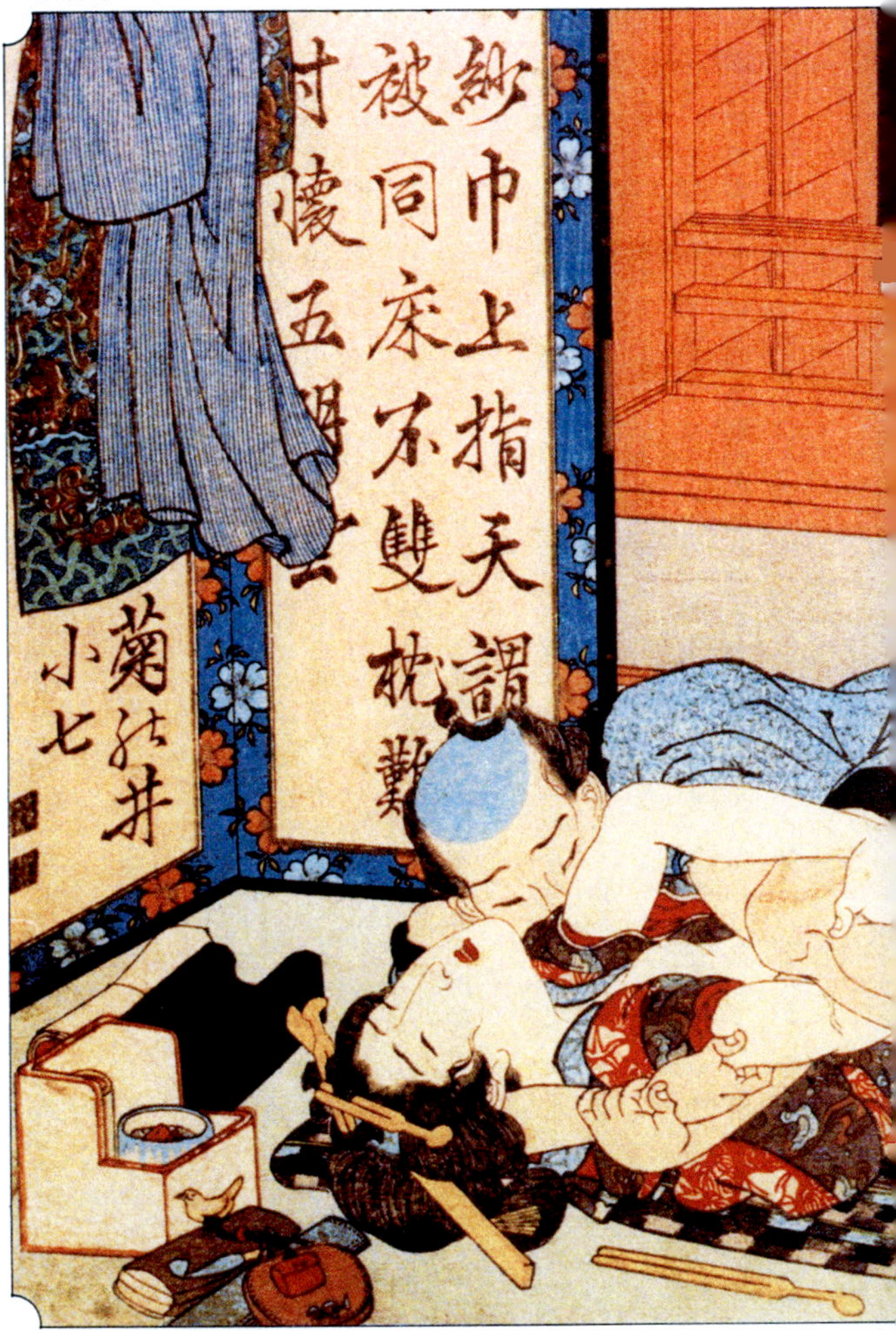
紗巾上指天謂
被同床不雙枕數
寸懐五
小七

乱す。男も今はこらえられず、力いっぱい抱きしめて、一気に水の漏れるのを覚えて目をつむる。

ぎちぎちと枕の音がするばかり、言葉もなく事が終わった。

「ああ、もう口が渇いたよ」

と菊の井、男の口にすりつけて、

「いやそうにしないでちっとばかし舌を出しなんし」

男の唾を呑み込んで、下着の袂をあちこち捜すが、

「おや、紙を落としたらしい」

と、また枕元の紙を取って息を吹きかけるのは音をたてぬ用心。

「あれ、こんなところまで……。男日照りの御殿女中のようで外聞がわるいよ」

と女が拭くのを見て、小七は笑いつつ、

「外聞とは外《ほか》の聞こえのことだ。お前が二度どうかしたのを外《ほか》が聞いているもんか。ときに、いつまでもこうして逢うのはめんどうだ。どうにかしてまた揚《あ》がることはできめえかの」

と言えば、菊の井、腹這いのまま煙草盆を引き寄せて、

「そいつはわたしも抜かりはないよ。伊勢町の客からやっと来た金をやりくりして竹屋のほうは済ませたし、いちばん難物《なんぶつ》のおしげどんには法華宗《ほっけしゅう》の信心ばなしでお前がうまく合わせなさんしたから、小七さんはどうしなさったと向こうから聞くほどだが、どうしたことか花

魁が、小七さんを呼ばせにやってはどうだこうだと、この一つだけが済まないのさ。おおかた菊里さんがお前に気がおありなのだろうよ」

と流し目にちょいと見ると、小七はすっと起き上がり、

「いや、そいつは耳よりだ。ああ熱い。とんだ煙管《きせる》の焼金《やきがね》のこらしめだ。そんな悋気《りんき》は安寿姫にゃあ受けられねえ。そんならこういう手はどうだ。花魁《おいらん》にためになる客を押しつけるという。そうすりゃ安心だろう」

「そうしてくれさえしたら万事うまくおさまるに違えねえが、お前に当《あて》でもおありかえ」

「たしかな当があるわけではねえが、このあいだ八文字屋の本を見てちっとばかり思いついたことがある。菊里さんの夜具はまだおれが知っているやつか」

「あいさ。新町の提燈《ちょうちん》のしるしのような波があって」

と言いながら、煙草入を手に取って根付《ねつけ》の都鳥を小七に見せて、

「こんな鳥がついてよ」

「うん、あれは鴛鴦裂《おしどりぎれ》の写しで、いいぐあいに古びがついているだろう。そいつを手放させ、新しい夜着をこしらえて敷初《しきぞめ》までさせる。その手というのは……耳を貸しな。……な、それ、こうするとこうなるだろ」

ひそひそやっていると、引《ひけ》の拍子木がカチ〳〵。

二、二十を越えたが囲いには面白い床柱

まこと枯れ榎《えのき》に吹付紙《ふきつけがみ》の花が咲くように、霊験あらたかな浅草寺界隈の日ごとの賑いはたいそうなものだ。

野寺があったという昔にくらべて、石の枕は宮戸橋に名残りをのこ《こ》すだけで、姥《うば》が池は泡もたたないほどに狭くなったから茶筅《ちゃせん》を買う人も今は少ない。変わらないのは楊《よう》枝《じ》店だけ、売子の女が色目をつかっていれば猿の看板よりも人を呼子鳥《よぶこどり》だ。

人丸堂の辺りまで水茶屋が軒を並べ、女たちは、輪出しに結《ゆ》ったり銀杏返《いちょうがえし》に結んだり、潰《つぶし》島田《しまだ》やのめし髷《まげ》。

べっ甲の櫛は太いものを好み、銀かんざしは細いのがはやっている。

長い煙管を手に短い前垂《まえだれ》掛け女もある。新造もいれば年増もいる。よりどり見どりだ。

小間物、絵双子、貝細工などを並べたて、能代塗まがいのガラス細工は出来あい扇の箱紋と光沢《つや》を競い、髷に巻いた縮緬《ちりめん》紙の紫は平元結《ひらもとゆい》の和紙《わがみ》紅丈長《くれたけなが》の朱を奪っているといったあんばい。赤玉の薬屋は並びの数珠《じゅず》屋で急場は間に合わせるのかと思うとおかしい。

お多福という名の、弁天の向かいの店が菓子の美面《みめ》よりをつくっているのもおもしろい。これはご存じの、手をたたく音で跳ねたり飛んだりするおもちゃだが、その拍子の音がうしろの太神宮の柏手《かしわで》の音に混じり、名代の榧《かや》の砂糖漬の鬼がちゃんちゃん鳴らす鉦《かね》太鼓は六部の鳴らす鉦と区別がつかない。

だから、おもちゃ屋に並べられている上方下《かみがたくだ》りの女形《おやま》人形も緋《ひ》縮緬の腰巻でなければ人目につかないのが当世というものだろう。

松風をくじで取らせる鼠は人の言葉をききわけるが、酒といえば銚子をくわえ、女房といえば土人形の姉さまをもってくる。

ああ、生きとし生けるもの、色と酒は放しがたいとみえる。

さて、このあたりの、とある水茶屋の奥の間……。

布団も敷かずに、かいまき代わりにどてらをひっかけて、天の岩戸ではないが、簾を下ろして昼を夜にした床闇の二人。

ぽつぽつしゃべっているほうは、この家《や》の娘お初という浮気者。もう鉄漿《かね》をつけたがっている。白歯は艶を失い、眉毛も立ち、顔の肌もやや荒れているが、抱いて寝てどうにかするには丁度手ごろな年頃である。

男は三十余りに見える。田町辺のちょっとした呉服屋の主で、松田屋徳兵衛という。苦みばしった男前である。

「のう、次郎吉がお前《めえ》にだれかを世話しようとあれこれ骨を折っている。いつまでもおれの世話になっていてもつまるめえ。相応な者なら家に入れるがいいじゃねえか」

「いやだよ」

「そりゃおれの前じゃうんとは言われめえが、話は聞いたらいい。婚礼の支度は承ろう」

「ええ、いやだと言うのにしつっこい」

と男の肩を嚙んで、

「おかみさんがうるさいもんだから親切ごかしの長棹《ながさお》の、その手じゃいかぬ出なおして、と浜村屋が言ったら喝采《かっさい》もこようけど、わたしじゃそうはいかないよ。徳さん、そんなにびくしなさんな。なんぼこんな頓痴気《とんちき》でも、女房去らせてわしがなる、なんて古い台詞は言わないよ。わたしゃ、こうしてるのがいっそ気楽でいいのさ」

と男をぐっと引き寄せて、

「今、黒丸子《こくがんし》を呑んだから苦《にが》いかもしれないよ。だったら勘忍しておくれ」

たっぷり口を吸わせ、股に男を挾んで仰向けに体をねじる。

男は内前をかきのけて乗りかかり、

「濃浅黄の大幅《おおはば》を三筋《みすじ》だけ残しておいたから一筋おろして締めるがいい。水に入った縮緬はざらざらして膝っ小僧のさわり心地がわるいもんだ」

などと言いながら、ぜいたくが過ぎて餅の皮をはいで食うように湯文字をまくると、女はそっくりもってくる。

このお初という女、すれっからしの〝皮羽織〟のように見えるが、実際子どものときからおませで悪さをしては逃げ隠れするが、すぐ親もとへ連れもどされる素直さもある。亭主はもたず廓《くるわ》勤めもせず、近頃まで六十ばかりの年寄の妾をしていたくらいで、心《しん》から男を知ったわけではない。だから、例のところは顔ほど荒れてはいない。

男の気をそそるために吸わせた口で己《おのれ》が味な気になり、門口ばかり小突かれるもどかしさに気がせっついて体が畳に落着かない。

風に漂う海士《あま》の小舟《おぶね》のように浮き沈み、枕元に楫《かじ》の音がきこえ、満ちくる汐は藻屑《もくず》を伝って溢れ落ちる。

男を両足で締めてはゆるめ、ゆるめては身を引き、腹をへこませてすりつける。

お初ひとり夢中であおりたてて、ふっと正気に返ると、

「ああ、暑い……」

と目をあけて、

「なんだい、人の顔を見て何がおかしいのだい」

徳兵衛が笑いを含んで、

「どうしておれがお前《めえ》を笑うもんか。おれたち二人、何もこそこそ逢ってるわけでもねえに、お前がやたらあせるから、ほら、こんな汗になったわ」

「どうりでお尻が冷たいよ」

「ばかだな。それは汗じゃねえ。ほれ、こんなによ……」

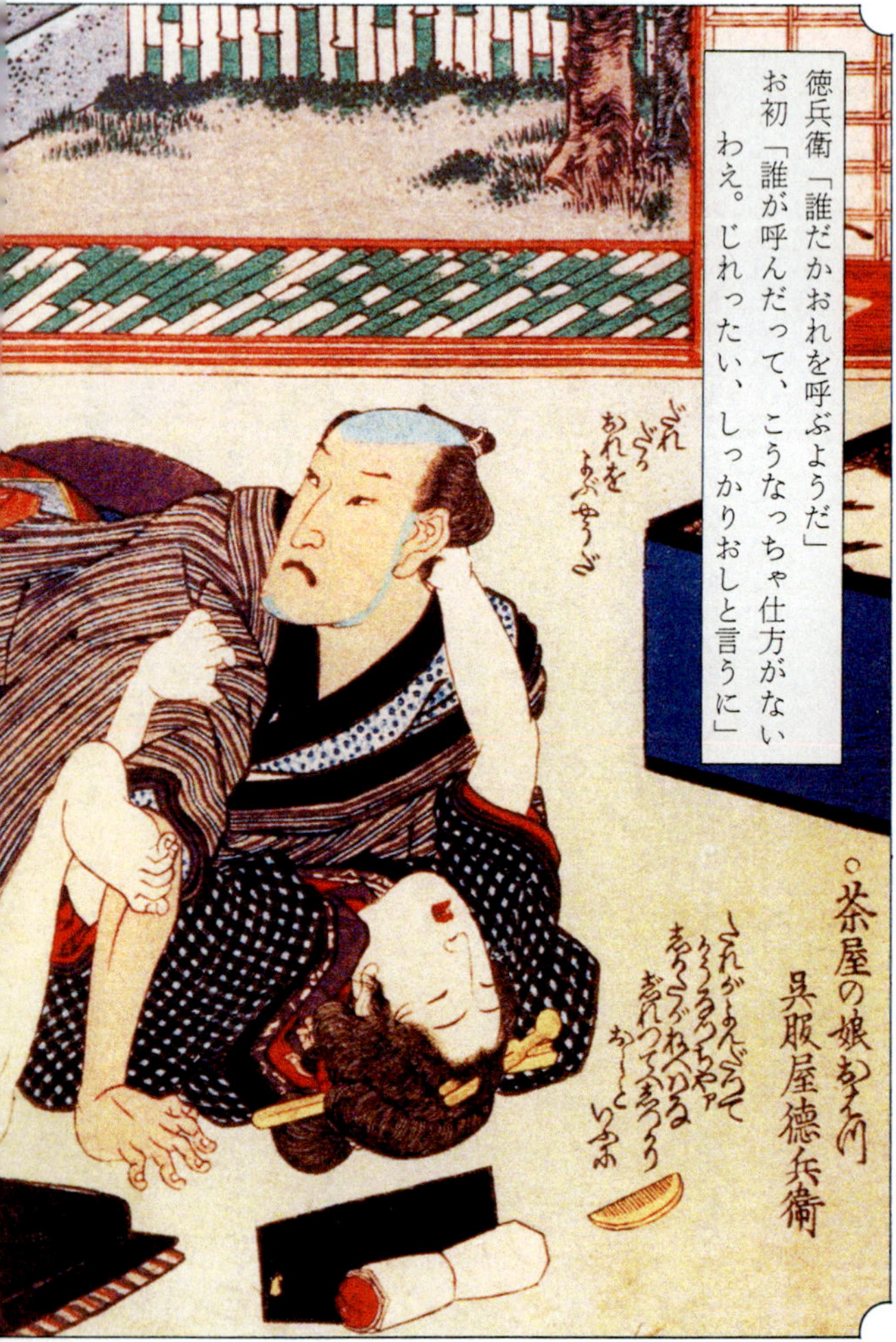

徳兵衛「誰だかおれを呼ぶようだ」
お初「誰が呼んだって、こうなっちゃ仕方がないわえ。じれったい、しっかりおしと言うに」

「あれさ、手をやっちゃだめだよ」

お初、ちらと縁側に目をやって、

「どんなに暗くしても昼は気が散って、しんみりしないよ」

「それでもこんなになっているのだから、そろそろしんみりしたらどうだい。ちょいとお前に頼みがある」

「何だな。人をばかにして。言っておきかせな」

「ほかでもねえ。お前の終わった後はぐあいがわるい。足をぐっと伸ばしてくんな」

「好き嫌いのはげしい旦那だよ。さあ、これでいいかえ」

と足を伸ばしたが、思うに任せないのでかえってまた妙な気分になり、顔をしかめ、体を震わせて、

「ねえ、あんた、この足をそっちへやっちゃわるいかえ。意地がわるい」

今は男も技をつくして女を攻める。

お初はここを先途とよがり、はずれた枕をもどす暇も惜しく、能代の櫛が落ちて割れたのも知らない。あたりへ声を洩らすまいと歯を食いしばるから息継ぎも苦しげに、

「さっき……わたしが昼はいや……と言ったのはこれ……だから。もう……せつなくてせつなくて……お福さんが……聞いているよ。顔を見られたら恥ずかしい」

世迷い言《よまいごと》を言いながら女がぐったりと横になるのを男はしっかりと抱いて、

「ほら、髪がこわれるわな」

と枕を当てがうと、女はわけもなくしがみつき、

「お前が気をやるときが、わたしゃ一番うれしいのさ」


せわしげな雪駄《せった》の音がして店に入ってきたのは道具屋の小七。茶汲女《ちゃくみ》のお福に、

「徳さんいなさるかえ」

「いいえ」

「なあに、白《しら》を切らなくてもいいんだ。おれと一緒におといい買った唐丸の雪駄があるじゃねえか」

と奥へ行こうとするのをお福がさえぎって、

「用があるから誰が来てもよこしてはいけないと言われています。わたしがちょっとそう言ってきます」

「やぼを言いなさんな。用はてえげえ知れたもんだ。おれに隠すこたあねえ」

小七は障子をあけてずっと入り、

「もういい加減によしにしたらどうだえ」

言われてお初は帯を取り、ぐるぐる巻きながら、

「おや小七さん。取次もなしで、ずかずか上がるはぶしつけもいいところだねえ。お福さん、

お茶を三つ。二つはうめてぬるいのがいいよ」

お初、ちょっと煙草の火入へ手をかざし、

「さあ、一服お上がり」

小七は煙管を取り出して、

「なあ徳さん、ちと欲ばった話だが、うんと言ってくれりゃあ、まんざらでもねえことがある」

徳兵衛、寝そべったまま振り向いて、

「うめえ話なら乗りもしよう。まあ筋を言ってみな」

「狂言の発端《はったん》は舞鶴屋の菊里の夜具だ。こいつは大丸で出来たもんだが京織の鴛鴦裂《おしどりぎれ》だ。いいぐあいに古びがついて、このおれが見ても古金襴《こきんらん》にちげえねえ。そこでおれのはかりごとだ。まわりくどいが、聖天《しょうでん》へ日参でいつもここへ寄りついている素人太鼓持《たいこもち》のきたり喜之助……あいつを玉に」

と言いかけると店からお福がとんできて、

「もし、喜のさんはさっき、いつものように酔っ払って転がりこんできて、そこの縁側に寝ていますよ」

と言うのに、お初は今の騒ぎを聞かれたかと困った顔で、

「お福さん、どうして言っておくれでなかったのだえ」

とこわごわ障子をあけてみて、

「なんだい、白河夜舟じゃないか。遠慮はいらないよ。さあ話をつづけておくれ」

お福は口のなかでぶつぶつと、

「喜のさんが来ていなさるとあれほど言ったのに、自分がおたのしみの最中のくせに、なぜ知らせぬとはよくも言えたもの」

と尻目に立っていく。

小七はちょいと小声になって徳兵衛に、

「おめえは喜之助とは気やすい仲だ。あの先生、いい旦那についで歩いてうまく座敷もっとめるそうだ。だからあの先生に……」

と耳に口を寄せてひそひそ……

「な、いいか。そうするとあの先生がどこかの旦那のとりもちに一席やれば、欲の世の中だ、その夜具を召し上げようと乗り込んでくる。そのとき菊の井に呑み込ませ、代わりの夜具の注文はおめえのところへ来るように段取をつけよう」

聞いて徳兵衛はにこにこ顔で、

「そいつはうめえ話だ」

とお初を振り返り、

「小七とおれは知らぬ顔で店に掛けているから、喜之助を起こしてくれ」

お初はにっこりして、

「それがうまくいったら、小七さん……」

「存分に奢りやす。何でも口まかせに相槌を打ってくんな」

二人が外へ出ると、お初は茶椀に水を盛って、喜之助の寝ているそばへ——

「喜のさん、喜のさん、日が暮れますよ。水をお上がりな」

揺すられて喜之助、びっくりして飛び起き、

「いやはや、とんだ夢を見たもんだ。味な気になったわえ」

と茶椀の水をぐっと飲んでぼんやりしている。その顔をのぞき込んでお初、

「何の夢を見なすったえ」

喜之助は吐息をついて、

「観音さまの本堂で通夜をしていたら、額の中から頼政が抜け出てきたと思いねえ。元信の馬は夜な夜な草を食いに出たそうだから、頼政も浅草餅でも食いに行くか、それとも大∴《だいみつ》へ矢大臣を極め込みに行くかと見ていると、ふいに天井から紫の雲が下りてきて、天女が現われた。ことかいなあの艶姿《あですがた》だ。ごろりと横になると頼政が心得顔に近寄って蜀江の錦の衣をまくれば、霊妙な香りがあたりに立ちこめ、むくむくとうまそうな無明《むみょう》の酒の酒太り、雪の膚《はだえ》とは天上から言いはじめたのだろうか。木にさえ餅の生《な》る世界だ、股の間には饅頭《まんじゅう》もあるだろうと、好き者らしく頼政は目を細める。

『家来の猪《い》の早太は鵺《ぬえ》を捕えて九度び刺した。わしもそなたを刺し通す。どうじゃどうじゃ』

虹のような裳裾《もすそ》と羽衣をひるがえしての曲取《どり》、蒸返《むしかえ》しの三番で天人の息づかいは簫《しょう》、笛《ちゃく》、琴《きん》、箜篌《くご》の合奏とも思われるばかり、花の顔《かんばせ》は夕月の色、極楽中が一つ所に寄るわいな、と八功徳池《はっくどくち》の水に濡れている。

『こんなところを見つかったら、菖蒲《あやめ》さん、さぞお腹立ちだろうねえ』

と男の体へ投げかける姿は足高山《あしたかやま》に風市《ふじ》三里、天津乙女《あまつおとめ》の大喜悦《よがり》……」

喜之助は頭を抱えこみ、

「ああ、もうたまらねえ。お福さんでも貸してくんな」

と言うが、お初は脛《すね》に傷持つ身、先刻取り乱した己の声を聞いての当てこすりかと笑えもせず、

「あれ、いやな」

と言うばかり。それでも、

「蛇のつるむのを見てもいいことがあるというのに、天人のを見たんじゃいいことがあるにちげえねえ」

と喜之助、ひとり悦《いっ》に入っている。

と、そのとき表で小七の高声——。

頼政「勝手の枕はごろごろして寝心地がいっそう悪い。おみくじ箱にすればよかった」
天女「でも、あれじゃかちかち鳴ってくるみ枕のようかもしれませぬ」
頼政「蒸したてのまんじゅうはだ。このうまみを覚えては、あやめ団子はもう食えぬ」

「徳兵衛さん。ちょっと金さえ動かせば、もうかる話がありやす。舞鶴屋の菊里の夜具をとくと見なすったか」

次いで徳兵衛の声が、

「あれはたしか、このまえ長崎の客人がこしらえてやんなすった古金襴《こきんらん》……」

「そうだ。本圀寺の鴛鴦裂《おしどりぎれ》にそっくりだ。茶入袋ほどでも捨値《すてね》で七十両、夜着と布団がそろえばりっぱな土地が四、五カ所は買える。禿育《かむろ》ちで人がいいから、古くなったと気にしているのにつけ込んで巻き上げてやろうと思うが、元手がねえときた……おや、だいぶ日も傾いた。じゃ、徳兵衛さん、ごゆっくり」

「どうせ今夜もあっちだろう。一緒に家の前まで行こう。お福坊、気をつけな」

二人が出て行くと、喜之助、すっかり酔いもさめた顔で、

「お初さん、いま表で噂をしていた菊里は、たしか張店の女郎だったなあ」

「とんだことをお忘れだよ。付廻《つけまわ》しのいい女郎衆さ。下総《しもふさ》の巡礼で田左衛門という百姓の娘だったのが七つのとき売られたが、もともと貰い子で、実の親を捜していると、ほら文使《ふみつか》いの七どんが話してくれたよ」

茶汲のお福の生立《おいた》ちを当てはめたとは知らず、喜之助、渾名《あだな》のとおりきたりと手を打って、暇《いとま》も言わずに走り出た。

〔中の巻〕

三、田舎家の別荘は繁昌の地に秋田杉

「……待乳山《まつち》は、金竜山とも聖天山《しょうでん》ともいう。古木が生い茂る砂石山である。仁王門の下、蓮池の中に弁天の社がある。この風景は言葉につくせない。

例の土手へ通う二挺立《にちょうだち》の猪牙舟《ちょき》は、浅草川より新鳥越の橋へ漕ぎ入れ、汐のひいたときは橋より手前で上がる。待乳山の麓を歩いて行くのを茶屋から知り人に見られるかも知れぬと、熊谷笠《くまがえ》を目深にかぶったり羽織を頭にかぶったりして行く男がいる。この男、草履とりで、やがて知る人があって手をたたいて呼びかけたが隠れてしまった……」

と、『紫の一本《ひともと》』を女房お春に読んで聞かせているこの家の主は、治平といって、人に知られた紙問屋。

年の頃は四十ばかり、昔は石町《こくちょう》秀佳《しゅうか》と呼ばれ、小娘や人の女房にも不心得を起こさせた男。脂《あぶら》っ気はなくなったが、身ぎれいで垢と嫌味はいささかもなく、なにより結構なのは金銀があり余るほどあることで、利が利を生んで、鼠算など問題にもならない。算盤《そろばん》勘定に合わないほどの奢《おご》った暮らしをしても、世帯はびくともしない。

惣領の治之助に石町の店をあずけ、次は女子《おなご》でお今《いま》というのが今年十七。一昨年《おととし》の春、秩父《ちち》《ぶ》さまのお小姓《こしょう》に上がったとき古今《こきん》という名を下されたが、容貌《きりょう》はよし利発者だから奥方さ

お春「吉さん、誰か来るとわるいからね。今度のことにしておくれ」
水吉「なあに、おたつどんは師匠と始めているし、誰が楽屋に来るものか」

突太郎「波幕の陰でこっちは蛸をしめる、あっちは蛤をとりかける。そら汐がさしてきた」
おたつ「なんだな、冗談を言いなさんな。浮気らしくて情がうつらねえよ」

ま自慢の女中というので遊山《ゆさん》などには一番駆《いちばんがけ》に供をするというあんばい。手習《てならい》、琴、茶の湯の稽古には師匠が参じるといったあんばいで、家にいるより気が楽だと度々の文《ふみ》にあるくらいだからこの娘もまずは安心。妹のお三は、父親が生きていたとき本町辺へ嫁がせて、今は二人の子持ちだからもどされる心配はない、というこのうえもない安楽な身の上の治平である。

賑やかな所には住みあきた、景色のよい所がいいと、待乳山を背に隅田川を前にした土地を以前に求めておいたのに、茅《かや》門がかりの格子の入口、木地《きじ》を見せた板塀の裏にびっしり竹を植え込んだ庭をめぐらした別荘は、広さはさほどではないが風雅をつくしたたたずまいである。

治平は、高壇状の銅爐を仮の炬燵にして肱枕に横になっている。お春が煙草を吸いつけ、丁寧に拭いて差し出し、

「今お読みになったところが、ここのお山でございますか。そのように編笠をかぶって遊びにまいりますのはおかしな恰好でございましょう。ああ、ご飯をいただきすぎてお腹《なか》が苦しゅうございます。お退屈なら少しお銚子《ちょうし》でもあがりますか」

味な言葉の残っているこの女房の生いたちを話せば――

金杉の紙屑問屋の秘蔵っ娘《こ》だったお春は、七つ八つより踊りが好きで、坂東お実《さね》の弟子に入り、十三くらいのときであったろうか、〝悪酒《わるざけ》〟と渾名《あだな》で呼ばれているのが親の耳に入っ

た。酒は飲まないし、飲んだとて乱れる娘《こ》ではないと不審に思っていたが、やがて訳がわかった。

坂本辺りの水菓子屋の息子で吉蔵という十七ほどの者、杵《きね》屋突太郎の門に入り、三味線をよくし、水吉と呼ばれていた。ところで、お春の地弾《じひき》のおたつというのが大の浮気者で、杵屋のきねの太いのを見込んで臼《うす》を持ちかけ、例のところを突かせんと夜ごと忍合《しのびあい》を重ねていたが、邪魔なのがお春で、これにも男を当てがって二臼ずつで浮気の桛《かせ》に糸を巻こうと取りもったのが三味線弾きの水吉。踊りのさらいの騒ぎにまぎれて楽屋裏で乳繰りあったのをだれかが見つけて、お春のことを〝悪酒〟と呼んだ。水吉の水が割ってある意だというのを、お春の父親が湯屋で知ってびっくり仰天《ぎょうてん》。すぐに坂東から引き上げて、踊りを口実に梶原さまの奥に出し、お小姓になって今年の初めまで勤めた。

折しも、治平のほうで後妻の話が起こり、お春はどうだろうということになった。年はちがうが、金には困らないし厄介もない、あんな気楽なところはないと、薬礼より嫁の世話料を稼ぐのが巧者の藪医竹斎の仲人口である。治平のほうへは、

「かくかくしかじかの女、中肉で、真っ白な足の指がぴんと反り、口元の小さいところは、愚老の見立《みたて》では極上品の証拠。そういうことはありますまいが、患《わずら》いの看取《みとり》には妾より女房でなくては薬の利きがわるい。まだ三十にはなりますまい」

やっと二十一、二になったばかりの女に十も付け掛けして、とうとう見合にこぎつけて聖

治平「お君がいの字づくしのうちに羨しいが抜けたようだ」

お春「おやおや、いかなや。どうしたというのだろう」

お君「あつかましい、つらにくい、押しのつよい。ちょっとご覧なされまし」

天の茶屋を借りた。

この縁があってから、「おれには若すぎる」と口では言っても治平は承知した。お春のほうも思いのほかで、治平がひいきの役者の秀佳に似ていると、まんざらではない。

とんとんと話がまとまって、披露目《ひろめ》は後日として、まだほやほやの新《あら》女房。

お春の容貌《かおかたち》をたとえるなら、古風には花の顔《かんばせ》柳の腰、当世風には、色白く肌理《きめ》細かいのは〝笹の雪〟豆腐の如く、腰の細くたおやかなのは〝白滝〟こんにゃくを百条《ももすじ》束ねたる如しといえようか。化粧《けわい》せず剃らない、生毛《うぶげ》の生えた額は富士を写し、眉を落とした跡の青やかなのは春の海、さも涼しげな目の内は秋の水をたたえているのだろうか。にっこりすれば片頬に小指の腹ほどの笑くぼができ、形のいい口元からは真っ黒な糸切歯がのぞくかわいらしさ。あれで唇に吸いつかれたら、女嫌いの弁慶でも一度ではすまされまい。

着付は、結城の唐桟縞《とうざんじま》に崩し矢の字の白茶の小柳を結んで、前垂《まえだれ》を締めているのがめずらしく、関東縞に金襴の腰帯を細にしている。縮緬《ちりめん》は田舎っぽいと水で一振り糊を掃いた白羽二重の短めの腰巻から、太からず細からぬふくら脛《はぎ》がちらちらするのを久米《くめ》の仙人が見かけたら即死するにちがいない。

髪には裂《きれ》をかけたいところを、亭主の年がいっているので丈長だけの飾りで丸髷《まげ》に小ぢんまりと結わせ、飛驒春慶《ひだしゅんけい》の政子形の櫛と四方木《しほうもく》の五分珠《だま》を入れた銀台めっきのかんざしを飾っている。

治平の顔をうれしそうに眺めて延打《のべうち》の煙管で薄舞《うすまい》をくゆらしているところへ、ばたばた上がってきたのは、お春に金杉からついてきたお君というひょうきん者。

「三囲《みめぐり》さまの桟橋にたんとついていた舟がみんな下って行ったなかで、あれ、たった一艘残っています。お遠眼鏡《とおめがね》で見てやりましょう」

と縁側の遠眼鏡にとりついて、

「あれ、桟橋でもないところに舟をつけて、船頭が土手へ上がっていきましたよ。おやおや、舟の中は年増の女と若い男が差し向かい。ぴったり寄りかかって、あれまあ、女が飲みかけの盃を男にくれました。さあ大変、女が顔をすりつけて口を吸わせて……そりゃこそ男が手をやりました。赤いのは長襦袢、白いのは腰巻……かき分けています。どうするのでしょう。女は顔をしかめて倒れそう……男が抱きとめています。おかみさん、ちょっとまあ、ご覧なさいまし」

お春は見たくもあり、夫への気兼ねもあり、

「なんの、簾《すだれ》も上げて、日も暮れないのにそんなことをする者があるものかね」

落着き顔をつくって入れ替ると、お君の言ったとおりだ。女が男の首にしがみつき口を動かしているのは、「じらさずに早くしておくれ」と言っているのかと思うと、お春は味な気分になって、

「おやおや、ほんに大胆なこと……」

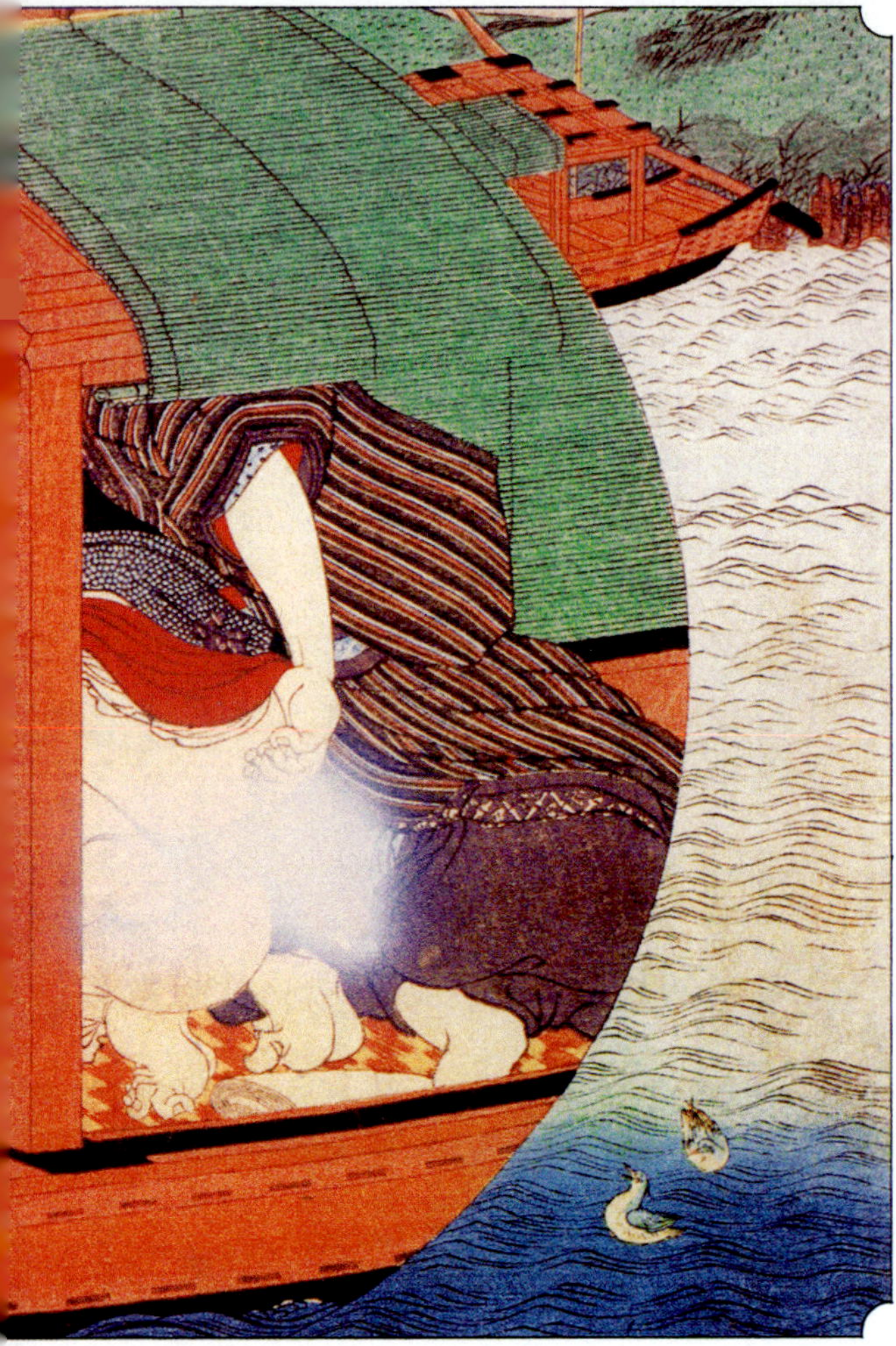

と顔を赤くして遠眼鏡から離れると、お君が待ちかねたように取りつき、

「あれあれ、裾をまくって女も手を差し入れて……何をするのか。目を細くして何か言っています。眼鏡へ耳をすりつけても聞こえないだろうか。あれは間男でございますよ。どうしてくれよう……」

と、他人の密事《みそかごと》にやきもちを焼いて身をもんでいる。

治平が振り向いて笑いつつ、

「それをする魂胆で船頭に一分《いちぶ》はずみ、桟橋でもないところに舟をつけさせたのだ。おやおや、お君のやつ、尻をもじもじさせて……遠眼鏡がとんだ罪をつくったわ」

と言ったところへ上がってきたのは、お銭《せん》といって、島田を結っていたときからこの家《や》に奉公していた女。

娘の古今《こきん》のお気に入りで、秩父さまについて上がり、今では姿もすっかり屋敷風だ。お側女中に頼まれて張形《ごようのもの》を四ツ目屋へ買いに行き、古今の実家に用もあったついでに昨日から泊まっている。顔がいいわけではないが、色白の太り肉《じし》は抱きがいのある体と男の目に映る年増盛り。まずはしとやかな女ぶりである。

「これ、お君さん。大きな声で下まで筒抜けだよ。初心《うぶ》なおかみさんが困っておいでになるじゃないか。さあ、下へおいで」

とお君の手をとる。

おせん

お春「あれ、明るくて気まりがわるい。そんなところへお手をやって」

治平「こんな時もまた気が変っていいものだ。何だな無性《むしょう》に顔を隠したりして。娘の内じゃあるめえに。これさ、その手をこっちへやって。それで具合がよくなったろう」

「でも、あれ。これからが大事なところですよ」

「見ただけでは腹の足しにならないよ。降りなというに。強情な子だよ」

お君がお銭に引きたてられて名残り惜しげに降りて行くと、お春が治平に、

「おせんというなら百千の千でよいのに、なんでまあ銭《ぜに》という字を書くのでございます」

「ああ、あれはおれが付けた名だ。あのとおりの大女でたいそうな力持ちだ。近江《おうみ》の大力遊女おかねの金《かね》につづく働きがあるようにと銭《ぜに》と付けてやったのだ」

「ほんに力があって、古今さまの付き人にはあれ以上の者はおりませんね」

と言いながら夫よりほかに目のないのを幸いに遠眼鏡をのぞくと、舟の中は今や真っ最中。女は舟床に両手をついてうつぶせ、目をおしつむり眉を寄せている。息がはずむのか口をあけている。上気した顔色が少し冷めたのは気をやったのだろう。

遠眼鏡をのぞくお春も耳たぶに紅を差し、唾を呑み込むのどが何度も動く。

と、いきなり治平が、るうふるという声を遠くへ届かせる道具を取り出して、

「不義者、見つけた。動くな」

と舟を目がけて呼びかけたので、お春はびっくり。

「かわいそうに、簾を下ろしてきょろきょろしておりますよ。殺生《せっしょう》なことをなさいました。ああ、気をとられて川をのぞいていたら寒うなりました」

と炬燵《こたつ》に当たるのを、治平が押し転がして膝を割り込むと、思ったとおり溢れそうな水の

出花だ。船頭に祝儀もいらず、さても女房とは得なものよと乗りかかる。

「あれ、およしなさいませ。だれか次の間にまいりました」

とお春、治平にじっと抱きついて耳に口を寄せ、

「晩に寝てからのお楽しみに」

治平は片頬で笑って、

「だれが来ようとかまうものか。それ、こんなになったのを拭いてしまうのはもったいないわ」

「あれ……」

お春はそばの煙管をのばして雁首にひっかけて障子をしめたが、暮れきらぬ夕日の名残りが雲に映ってまだ明るく、しげしげと顔をのぞかれるのが恥ずかしい。袖でおおえばかきのけて口を吸われ、頬をすすられる。夢見心地で男にあそばれている。

昔、水吉に逢ったときは恥ずかしいのと怖いのとで子供の遊び、男女の交りがどんなものかわからなかったし、お屋敷に上がってからは、枕草子に夢中になったり、仲のよい朋輩と張形《おとこがた》を使い慣れたりして、気のゆくのは知ってはいたが、ほんとの男に抱きしめられ、かわいいものよいものと覚えたのは治平が初めてなので、ちょっと足でさわられても変な気になる。今日はとりわけ舟の中の取り乱したさまを見て兆《きざ》していたのを、抱き寄せられかわいがられるうれしさ……「ああ、もうどうぞ」と言いたいけれど、屋敷女は水だくさんと愛想をつかされはせぬかと、鼻息が荒くなるのをじっとこらえ、顔がしかむのを我慢して、ただ

心地よげに目をつむっている。

慎しみ深いその顔を眺めて治平は女房の味を噛みしめる。その道上手の女が持ちかけるより、初心《うぶ》な女の恥ずかしげな科《しな》のほうがよほどうまい。愛敬をつくった女の顔のどこやらが皺面《まじめ》になり、目は閉じながら口を開くのは気をやる兆しで、はしたなく騒ぎたてる女より慎しみ深く情を移す女のかわいさは何ともいえない。

女房をうれしがらせようと治平があの手この手をくり出すと、初めは抑えていた鼻息もしだいに荒く、顔もくしゃくしゃ。

「あれ、もう悪い冗談ばっかり。それではどうも……」

と鶯の初音を鳴いて谷の氷も溶けるほど。

「そうだ。舌の吸わせようが上手になった。太っているようでも軽い体だ。この脛《すね》の白いことはどうだろう。いつも暗くして寝るのでお前の肌は初めて見るようだ」

撫でさすられて、お春はものも言わずに夫の首にかじりついている。その顔がまたほんのり赤くなる。

ようやく目は開いたが、顔はそむけ、晩の用意に揉んでおいた延《のべ》の紙を取り出すところへ次の間からお君の声で、

「もし、喜之助さんがまいりました」

四、樅の肌の美しい年増の答は極上筋無

ここに哀れをとどめたのはきたり喜之助。

観音の茶屋で見た夢のせいか、お初のよがりを夢うつつに聞いたせいか、たまらなくなった思いを抑えてようやく走って来たが、二階へ上がると主の治平がお春をいじめている最中。目をかけてくれる旦那のご機嫌を損ねてはと、こそこそ下へ降りて、今日は何たる厄日だろう、行く先々でゆくゆくだらけ、伜めが感涙を流していると、酔ったようにぐったり寝ころぶ背をとんと打たれた。

「お久しぶりだね、喜のさん」

「おや、お銭さん、お使いかい」

「あい、ちっとお買物で昨夜《ゆうべ》まいりました。それそれ丁度よいところ、だれも来ないうちにこっちへ来ておくれ」

と薄暗がりへ手を引いて連れて行き、抱きつくように後ろから袖をかけ、耳に口を寄せると、

「去年の秋、この前を連れ立ってお通りだっけ。それ両替屋の彦三さんを、ざっくばらんに言えば、古今さまがお宿下がりなすっていて見染めなされたというわけさ。あの方のお嫁に

なりたいと、今の娘は気がさっぱりしているよ。打ち明けてわたしにお頼みなされたのさ。調べてみたら、両替屋は三、四カ所の土地もあり、並木町のお店は蔵造り。よいぐあいに彦三さんも独り身で年頃も丁度いい。下準備をしておいて旦那さまに申し上げたら話はすぐにまとまろうさ。だけど喜のさん、人に隠れてこわごわ逢うほどおもしろいことはないよ。それをあのお子にもちっと味わわせてあげたいから、あんた、どうぞ取り持っておくれ」

喜之助、頭をかいて、

「あの彦三はむずかしかろう。見てのとおり男前だし、金があるから着る物持つ物に隙《すき》がねえ。玉に疵《きず》はしぶちんなことだ。女房をもつと何かとかかる。独りでいて金を持ってくる養子をもらうほうが得だと、二朱ぽっきりで安女郎を買ってすませている。小袖も羽織も自分でたたみ、襟紙を当てる、火のしもかける。田楽屋の屑を買ってざくざく汁を煮るのが最高のぜいたくだ。あれほど人を使いながら毎朝起きて飯を焚く。紙煙草入を作る洞油紙の断ち落としを焚きつけに使うので油臭くてかなわねえ。言って聞かせても承知はしねえ。だがお銭さんよ。芝居の科白《せりふ》じゃねえが、魚心あれば水心だ。お前がもし、おれの頼みにうんと言いやあ一所懸命はたらこう。どうしてくれる」

抱きついて太股へ手を伸ばすと、お銭は身を引いて膝でその手をはさみ込んだ。力持ちのお銭にはさまれて、喜之助は動きがとれない。

仰天した男の顔をそろそろ撫でて、お銭が、

「お屋敷女というは、行儀正しく見えるのはほんの表向きで、明けても暮れても色ばなしで気が浮わついている。そんなことをされると、からかわれてるとわかっていても、ついついのぼせ上がる。嘘と思うなら顔を出してごらん、頬が熱くなっただろう」

と頬をすりつけられて、喜之助、ぼうっとして、

「もってえねえ、どうしてお前をからかったりするものか」

もがけばもがくほどお銭は平然として、

「旦那さまの色事を取りもってもくれぬ人に、わたしだけがよいことをしてもらってはお義理に欠けるよ。あれ、もう味な気になってきた。喜のさん、その手をとっておくれ。水だくさんのお屋敷者、ひょっとしてお手を汚しては面目ない。ちょっとそっちの手でこのお乳をいじってごらんな。こんなにぷりぷり腹を立てているよ。遠眼鏡で舟の濡れ場をのぞき見たお君どんを叱ったわたしが、喜のさんのおかげでそんなになったよ。あの子の年頃では騒ぐばかりで罪はないが、年をとって男の味を食いしめた者はじっとしてはおれないねえ。おや、あんた、いつの間にわたしの帯をお解きだね。なんぞのときは邪魔なものさ」

お銭、喜之助を見をろしながら、

「下着の胸からぐっとあけて腹と腹とをしっくり合わせると、抱かれた男の手の当あたところばかりが気になって体は空になってしまう。馬鹿なことだがあそこへばかり気が寄るようで、足の裏がしびれるように響いてくると、あとは何が何だか訳がわからなくなる。男は憎

お銭「私はぜんてえしつ深だから、ちょっとあったぐらいでは、いっそ気を引いて悪いよ。どこぞで堪能するくらいに……おや、これじゃあ枕草子の書入れのようだよ」

喜之助「なんにも言っていられねえ。おがむ〳〵」

らしいもので、女がじたばたしていろんな顔をするのを眺めている。喜のさん、あんたもそうだろう。いま二階でおかみさんも困っておいでだが、床をとって寝たときより、思いがけない仕かけのうれしさを隠すのはせつないものさ。たしかあんたもご覧だね。どうしてものをお言いでないのだえ」

さんざんにからかわれ、喜之助はぼんやりと女の顔を見上げていたが、ふいに力を振りしぼってはさまれた手を引き抜こうとしたが動かばこそ。

それにしても、もう少しで毛にさわる。喜之助、泣きだしそうな声で、

「生殺しは蛇でも人にたたるというぜ。人の数にも入らねえ野郎でも、こんな目にあわせると恨みが影身につきそって……」

「おや、嘘にしろかわいいことをお言いだよ。取り殺されたらどんなにかうれしいだろうねえ。それより古今《こきん》さまの思いどおり彦三さんに添わせてあげておくれよ。その暁はわたしもお相伴《しょうばん》に、あんたとたっぷり楽しませてもらうよ。あれ、厚かましい女だと見ておいでだ」

と、ちょっとつねって、男の手をはさんだまま立ち上がると喜之助よろめいて、

「喜のさん、あばよ」

と股を開かれて支えがとれたようにばったり倒れた。

お銭は見向きもしないで、

「お君さん、お行燈《あんどん》を配んな」

〔下の巻〕

五、夫を便に此方も割気は船中の間渡竹

隠し鈴《りん》の柱時計が六つ（六時）を打つと、お君が甲《かん》走った声で、

「おかみさんがもう一度お湯をお召しだよ。権助どん、もう一燃《も》してぼっとやっておくれ。お杉さん、お松さん、お納戸へお鏡台を直しておくれ」

言いながら、行燈を下げてばたばた走ってくる。少し酒が入っているようだ。

「喜のさん、どうしたんだえ、一人でさびしそうに。また役者の物真似でもしておくれよ」

お君に声をかけられて、喜之助、ふっと気がついた。舟の濡れ場を見てこの女、味な気になっていたとか。〃これ幸いのことにぞあんなる〃だ。お銭の鯔《ぼら》ほど脂は乗っていなくても、泥臭ささえ辛抱すれば、おぼこでも、精進物のような若衆よりはましだろうと、ものも言わずに押し転がすと、相手欲しやのお君はうれしく、

「あれ、およしよ」

と言うは口先だけ。まくれた裾を幸いに、股にはさんで抱きつくので、喜之助はようやくありついた思い。

蒸したての饅頭に雪白を溶いてかけたような温かい汁が溜って、上戸の腹にはべたべたする年増の黒砂糖ほどだ。胸焼けせぬので甘みのうすい新造もよいものと喜之助が手柔らかに

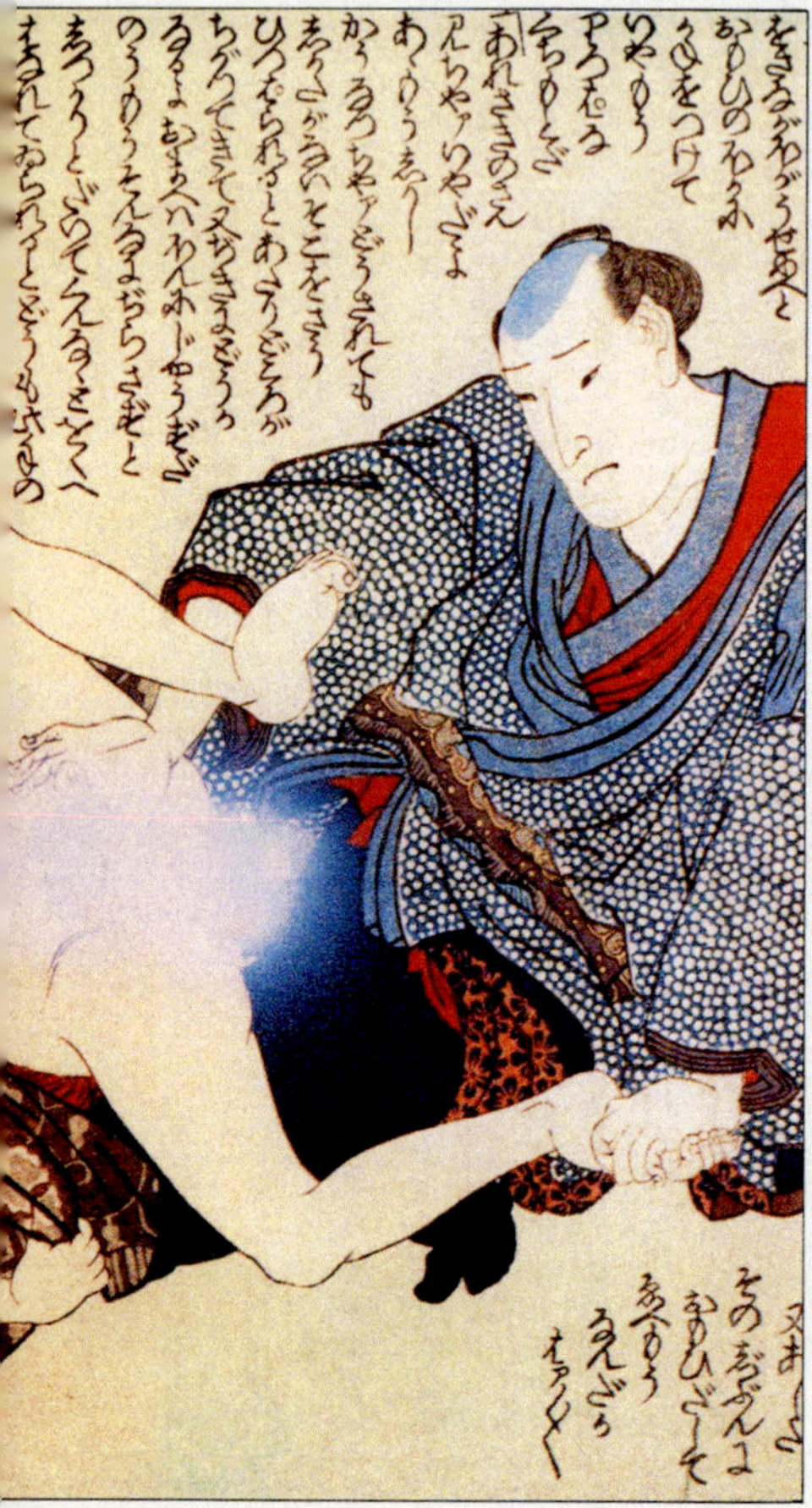

喜之助「人は見かけによらねえもんだ。お前はまだ柔らかなのが五、六本生えたぐれえで幼《おさな》顔が失《う》せめえと思いのほかに、鉄漿《かね》をつけて、もうりっぱな口元だ」

お君「あれさ、喜のさん、見ちゃあいやだよ。ああもう……こうなっちゃあどうされても仕方がない。そこをそう引っぱられると当たりどころが違って、また直《じき》にどうにかなるよ。あんたはほんに上手だのう。そんなにじらさずとしっかり抱いておくれ。

離れていられるとこの手のしようがないよ。あれさ、肝心のところだわな。年増になるほど女のほうは情が移るそうだが、もうもうこれよりよくなっちゃあ目をまわすよりないわえ。堅い屋敷にあがったり尼寺にいる女はほんに馬鹿だと思うよ。こんないい目を一生せずに、一生どころか半年もこらえていたら気がふさいでどうにかなっちまう。あれさ、もうもう……昼寝とおんなじで癖になって、また明日その時分に思い出して、ええもう何だか、はあ〳〵〳〵」

扱うのは、初めから手荒にしては懲りさせるとの用心とも知らず、

「なんだい喜のさん、腫れ物にさわるようじゃないか。じれったいよう」

とお君は尻が畳に落着かない。

男との事は二度めか三度めかと思いのほかの馴れかげん、まこと〃小娘と小袋は油断がならぬ〃のたとえどおり、顔にも形《なり》にも似合わない。

お君は正気で泣くような声を出して、

「喜之助さん、あんたはどうも浮気らしい。お銭さんにもお惚れだね。あれ、もうわたしをこれぎりに……それさ、そんなにじらさずと……そんなにすると食い殺すよ」

わけのわからぬことを口走って、はっとたかまってしまったので、喜之助も水茶屋から汲みためておいたものをさらりと流す。

「あんた、お銭さんを口説くのは無駄だからおよしよ。先のおかみさんが亡くなるとすぐに旦那さまにもちかけて、あんまり内で恥をするから、古今さまの付き人にして体《てい》よく追い出されたのさ。昨夜《ゆうべ》から泊まっているのは、おかみさんをお持ちだから。旦那さまをしっかりねだる気にちがいないと皆で噂しているのさ。だからわたしにおし」

と言うや、ぴったり頰を押しつけて、わが口へ男の舌を吸い込んでそっと歯でしごき、もう一度情を動かそうとするのは年増もおよばぬ巧者のはたらき。喜之助はいよいよ興のさめる思いだが、親の心を子は知らぬもの……。

「わたし、さっき次の間で聞いていたけど、おかみさんはよくもあんなに鼻息もたてずにおとなしく黙っておいでなさる。わたしなんか、言いたいこと言って騒ぐだけ騒がないと身にならないよ。喜のさん、あんた、呆れたような顔をして。さげすむならおさげすみ。しかたがないよ。さっき変な気になってやけ酒を筒茶椀であおったのが、のぼせて酔いが出たらしい。ああ、せつないよう」

もだえるお君を喜之助は抱きしめて、

「髪がめちゃめちゃになるじゃないか。どうりで臭いと思ったら、お前、生酔《なま》いだな。せつなければもうよそう」

身を引く喜之助にお君はいよいよしがみついて放さばこそ。

「もうこうなっては、旦那さまがそこに見えてお叱りでも、雷さまが落っこちても放さないから覚悟おし」

横に転び仰向けに反り、したいほうだいの荒れように、喜之助はうんざり。

一度ならず二度三度、ひょんなところに行き合わせ、あげくはお銭にまくし立てられ、今はお君に騒ぎ立てられ、立てられすぎて、立ったものものもぐにゃぐにゃと槍先もなまってしどろもどろ。下には逸《はや》る女武者、はね返すほどの勢いにもはや立ち向かう気力も失せて、わが非運を嘆くのみ。

「お君さん、お前《めえ》はまあ幾つのときから男を覚えてこんなに巧者になったのだ」

お君は少し腹をたてた声で、

「わたしゃ、内気な性分《しょうぶん》だから遅かったよ。たしか十二の暮れあたりだけど、そんなことどうでもいいじゃないか。あんたはどうも抱きようが情がないよ。いやなものならどうして手をお出しだい。しっかりしないと食いつくよ」

男を叱っているところへ、お銭の声が襖越しに、

「お君さん、湿っていない浴衣を持っておいで。夜も昼も騒々しい。ちっとおつつしみよ」

お君は頰をふくらまして、ほどけた帯を締めながら、物も言わずに去って行く。

お銭は行燈をかきたてると、

「あれ、島田が横に曲がって、形《なり》に似合わない大きな尻を振って行くよ。喜のさん、あの子は愛想はいいだろ。十三から去年までに五、六度は逃げたそうな。なぐさむには手頃な小娘だと思うとひどい目にあうよ。年はとってもお人好のわたしらとは違うからね」

笑うお銭の背中をちょいと打って、喜之助、

「身代場《みがわりば》の大詰はどうする気だい、お銭さん、おぼえていな」

と言い捨てて出て行った。

喜之助が二階へ上がってみれば、土の治平、夜食の膳を引き寄せていたが、

「喜の衆、何ぞ用があるのかえ」

「あるだんではございません。百両か二百両あれば、千両になるという大仕事でござんす」

「うますぎて頂けないが、買置《かいおき》か商売物の金主ならよくある話で懲りているが、そうでなければ話してみな」

そこへ浴衣姿のお春があらわれ、

「暑くなった……」

と耳たぶに唾をつけて手であおぎ、

「喜のさん、ようお出で。今夜も何かして見せておくれ」

「これはまた今晩はお美しいことで。いや、こんなこと言ってまた大きにしくじります。まずはおかみさん、ご機嫌よう。先夜は例の酔《よ》たん坊で、何を申したかさっぱり覚えておりません。何でもあなたを小町にして関兵衛をやらかす気でお手を取って引き出したのを夢のように覚えております」

「ほんに困りました。踊りはさっぱり忘れてしまったものを」

「おっと、もうその夜のことは関の清水に流しておくんなさいまし」

と片手で拝んで、

「ところで旦那、ただ今の件はこっそりした所で……」

「そんなら夜食はやめにして、鰻でも食いに行くか。お春もちょっと待っていなさい。すぐに焼かせてここへ持たせるから」

「はい、あまり大きくないのを少し。これ、長吉にお供があるゆえお提燈《ちょうちん》をつけるように言いなされ。あなた、どれかお召物を」

「御服《ごふく》と言うのがようやく止んだの。着物はこれでいいことにしよう。風が出たようだから羽織だけ引っかけてゆくか。そこにいるのは杉か。松でもいい。唐木綿の下羽織と丹後紬《つむぎ》があっただろう。出してきてくれ。羽織の箪子《たんす》は木地のほうだぞ。お春はどれでも脇差を持ってきなさい」

「これでよろしゅうございますか。ついまだ浴衣でおりますからお送りは致しません。喜のさん、帰りにはきっとお寄り」

「直《じき》に行ってまいります」

連れだって二階を降りると、

「長吉どん、ご苦労さん。いつもお供はお前なんだな。ねえ旦那」

「うむ。小利口で顔立もいいから供にきめてある」

「色若衆め。たしか十六だったな。十六にしては大柄だ。そろそろ娘が惚れてくるだろう」

＊

お春が化粧して小袖に着替えていると、

「本町のおかみさんがお見えだとお二階に申しな」

と下からお銭の声。

急いでお春は帯を引き締め、着物の襟元をととのえる。

表へ入って来たのは治平の妹のお三。きりりと抱え帯をしてしまりのよい女房ぶり。

「お兄《あに》さまはお留守かい。寺参りから百花園に寄ってつい遅くなったけど、まだお春さんにお近づきになっていないから、ちょっとお目にかかっていこうと思ったのさ。お銭、下においでかい」

「いえ、お二階でございます。あなた、旦那さまに門でお会いになりませんでしたか」

「いんや。わたしは舟で来て裏口から上がったから、往き違いになったのだろ」

と二階へ上がる。

お春は手をついて、

「お初にお目にかかります」

「はい、このたびは不思議なご縁でお兄さま同様に何かとお世話になります」

「幾久しゅうお目にかけて下さりませ」

形通りの挨拶を終えてお春がよくよくお三を見ると、たしかどこかで逢った女だが、先方はこちらを見知らぬ様子。おかしいと内心で小首を傾げていると、お三の供をしてきた者が上がってきて、

「へい、おかみさん、お煙草入が舟に残っておりました」

見ると、この男も見たような覚え……。

お春、あれこれ考えてはたと膝を打った。夕暮れ方、遠眼鏡で見た屋根舟の男女《ふたり》ではないか。うまいことをして、あんなにまあ澄まして……。おかしさを噛み殺しているとも知らず、お三はなおもしとやかに、

「茂兵衛、そなたもよいついでだ、ご挨拶するがいいよ」

言われて、男は引き下がり、

「お忘れでございましょうが、踊りを遊ばしていた頃お近づきでございました。ただ今は茂兵衛と申しまして本町さまにお世話になっております。こちらさまへも折々に使いに上がりますので、よろしゅうお願い申します」

お春はまたびっくり、火影《ほ》にすかしてよくよく見れば、前髪は払って年はとったが、初めて男に逢ったときの、あの水菓子屋の吉蔵ではないか。

他人のいたずらを心に笑っていたのが、たちまちわが身に降りかかる因果、時雨《しぐれ》にまさる肌の汗、顔を紅葉の色に染め、さしうつむいて言葉もない。

茂兵衛はわざとよそよそしく、

「もうし、お内のおかみさん。その時分からお美しゅうございました」

「まことそうであったろうの。まだあまりお若くてお姉さまとは言いにくい。鬘《かつら》をおかけになったら若衆のようにお見えだろうね」

とお三がうなずく。

「いえ、浜村屋でございます。あの頃は浦嶋をお踊りなされました。それきりお目にかかっておりませぬが……」

言われるほどお春は苦しく、海の底へでも入ってしまいたい気持ちである。かりそめの枕を秘めた玉手箱、あけて言われぬ胸の内。濡れにぞ濡れし波幕も、洗い上げてみれば……浮世はみんなこんなものだろう。

六、窓障子の工合よく入《はめ》られるとは夢にも白檜《しらべ》

「これは旦那、いらっしゃいまし。丁度そこの座敷があきました。おすえや、掃き出してご案内しな。今日はご新造さまはご一緒ではございませんので」

鰻屋の主がきくと、治平が、

「留守番をしています。待っているはずだから焼いて持たせておくれ。お誂《あつら》えがあったっけ」

「小さいのでございましょう。手頃なのがございました……。これは、喜之助さま。この頃はちっともお出でになりませんな」

「さっぱりこっちへは出かけません。例のうまい香々《こうこう》で早く一杯《いっぺえ》やらせてくんな。お、掃除

ができたそうな。あっちへまいりましょう」

「おっと、喜の衆は鰻は断物《たちもの》だ。玉子でも焼いてもらって……いや聖天さまでそれもだめか。葱《ねぎ》を入れねえ鯰《なまず》鍋でも。食える物を食うがいい」

と座敷に通る。

「ここのかみさんほどお世辞のいいものはない。店借りのときは七畳半の一間だったが豪儀《ごうぎ》にりっぱな普請《ふしん》になった。二階家《や》にしねえのが風流だ」

などと言っているうちに鰻が焼けてきた。
二、三杯あけると、喜之助が少し声をひそめて、
「実は、舞鶴屋の菊里の夜具は、長崎の客がつくってやった古金襴《こきんらん》の鴛鴦《おしどり》形。茶入の袋だけでも五十両か百両にはなるそうですが、女郎はそういう物とは知らず、柳樽にあるように、この夜具もつまりいせんとおそろしさ、と言っているところにつけこんで、代わりの夜具をこしらえてやってそいつを取り替えるというのは、旦那、どうでございましょう」

うなずいて治平は小首を傾げ、

「裂《きれ》の目利《めきき》はおれにはできんが、本圀寺のお開帳からはやりだして、ひと頃は手拭にまで染めた。それが間違いなく本物ならたいそうな金目だろうの」

「二百《ふたつ》や三百《みっつ》張り込んでも得だと踏んでご注進におよんだ次第。菊里の親もとまで洗ってきました。まさかのときには……耳をお貸しなされまし、ね」

「なるほど、それもおもしろかろう。菊里は仲の町で二、三度見て知っておる。色は黒いがいい面《めん》だ。やりそこなっても、あいつに夜具をこしらえてやったと思えば腹も立つまい。明日の晩でも行ってみようかの」

「明日とはいわず、今からではどうでがしょう」

と示し合わせているところへ――

傍の衝立《ついたて》をさらりとあけて、噺家《はなしか》の女楽がぬっと立ち出で、口で神楽《かぐら》の拍子をとり、あたりを見まわし、鼻紙を押しいただき、

「まんまと手に入る鴛鴦裂、かたじけなや」

とのっさのっさ。

喜之助心得て、帯の結びぎわを取って引きもどせば、たちまち二人の立廻りとなる。治平が扇であおいで、

「それくらいで止しにしな。べらぼうめ。芥《ごみ》が立つわ」

すると女楽が笑いだし、

「喜之助が旦那のお供でここへ入るのは合点がいかずと後をつけ、様子は残らず……」

「聞いたとあらば……」

と立ち上がる喜之助を治平が抑え、

「とんと気が違ったようだ。女楽も一緒に行くがいい」

長吉
治平

女楽
喜之助

「供を仰せつけられたとあれば、このこととこんりんざい……」

「まだ芝居けが抜けぬとみえる。これ長吉、ちょっとまわるところがあるので、帰りが遅くなる。お春に先に寝るようにと伝えなさい」

と長吉を帰すと、

「さあ、もう一杯飲んで行こう」


その隣の座敷に、お初とお福が角次郎という下谷辺りの侍客に誘われて来ていた。

ほろ酔いになったところで一風呂浴びて、お初が浴衣姿で耳を拭きながら庭を眺めている背に角次郎が寄りかかり、

「お前には旦那があるだろうの」

「店へ寄って茶代を下さるのは皆、旦那ですよ」

「そうではない。このところの茶を振舞う旦那だ」

と手を差し込めば、この客、少しは金になりそうとみて、

「あれ、およし遊ばせ」

と言いながら、ちらちらさわらせて、

「わたしのような者をだれがかまってくれますものか。あれ、お福さんが見ています」

そのお福、心得たもので、

「あれあれ鯰《なまず》が浮いている。いま跳ねたのは鯉らしい」

と庭へ下りていく。

「見ろ。あの子に如才《じょさい》があるものか」

と角次郎が言えば、

「でもね、旦那、ここのおかみさんは堅い人だから、こんなところを見つかって断わられでもしたら大しくじり。お止めなさいまし。あれ、情のこわい。乙《おつ》な気分にでもなったら後の始末に困るではありませんか」

とお初が気をもたせているところへ、

「あなたさまもお湯を召しませ」

と、この家の娘が浴衣を持って入って来た。角次郎はびっくり、

「ほい、酔いがさめてよかろう」

と、こそこそ湯殿へ立っていく。

こちらの座敷では治平の声。

「喜の衆も女楽も、騒ぎはこのへんにして出立といこう。おかみさん、毎度おやかましゅう」

と庭木戸から裏道伝いにさざめいて行く。

角次郎

おふく

それを見送りながらお初、

「お福さん、喜のさんを連れて行くのは見たような人だねえ」

「あれはたしか聖天さんの下の紙治とやらの……」

「そうそう、たいそうな金持ちだという人にちがいない。わたしは今夜、角さんがどこへか連れて行くだろうから、お前は先に帰って小七さんを呼んで、注文どおりに喜のさんがあの人を菊里さんの所へ連れて行ったと話しておくれ。それからお前、管次さんのところへ寄ってちっと遊んでいっていいよ」

菅次というのは松田屋の雇い人で、徳兵衛の内証の使いにしばしば来ているのを、お初が何かのときの頼りにとお福を取り持ってやっていた。今日お福に菅次と逢う段取をつけてやるのは、今夜の始末を徳兵衛に告げさせまい魂胆だろう。

お福の帰り道にはちょいとややこしい話があるが、ここには書かず画図にゆずる。（次頁）

この夜、治平の留守宅で、おかしなことがあった。

お銭という女は、お君が言ったように、子供のときからませた女で、主《あるじ》の治平に初穂を捧げて以来、出入りの髪結《かみゆい》、小間物屋らと浮気を重ねたが、他人《ひと》には知らさぬ工夫をこらす利口者でもあった。今はこの家に怖い者もなく、通そうと思えばどんなわがままも通る。

今夜も今夜とて、治平の帰りが遅くなると長吉が知らせてお春も早めに臥所《ふしど》に入ったので、お銭も床をとったが、独り寝に隙間風が身にしみる。お君を呼んで側に寝させたが気に染まない。暖かそうな所を捜して、とうとう離れの茶室に客用の布団を二つ重ねて横になったが、寝つかれない。

夕方、夜食の膳を二階へ運んだとき、治平がお春をさんざんに弄《もてあそ》んでいた。次の間で聞いて、昔はこのように自分をかわいがって下されたのにと妬《ねた》ましくも羨しく、心を悶《もだ》えさせて下へ降りると喜之助に持ちかけられた。任せようと一時《いっとき》思ったが、主の治平が謀《はかりごと》をめぐらして自分を遠ざけようとしているのではないかと勘ぐって――事実、昨日来お春の目を盗んで治平にせがんでいた――乳をいじらせ、頬ずりなどしてじらせたあげく袖にしたのが、かえって己を味な気にさせたうえ、お君の泣声や口説《くぜつ》を聞いて、しとど湯文字を濡らした。

今も臍の下が重く、気がじれる。

ふと、長吉の若衆ぶりが目に浮かんだ。

まだ子どもだから後くされもないだろう。かっこうの夜の相手、なぜ早く思いつかなかったのかと、勝手知った家の内、長吉の寝間に忍び込んで、

「こっちへ来な……」

と低声《こごえ》で、手を引いて連れてくると、おろおろして長吉が、

「お銭さま、何でございますか」

と言うのに、

菅次「こう、さっき田中で見かけたが、お初さんはどこへ行った」

お福「お初さんがどこへ行こうが構うことはないじゃないか。人の気も知らないで、お前は無駄口ばかりきいている。酒はもう止しにしな。ええ、もうじれったい」

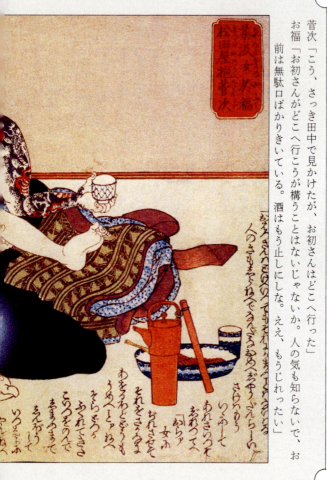

菅次「女をじらして、そいつを肴にやるほどどうめえ酒はねえ。そら、どっかふくれてきやがった。こいつを呑んじまうまで辛抱して一緒にやんねえ」

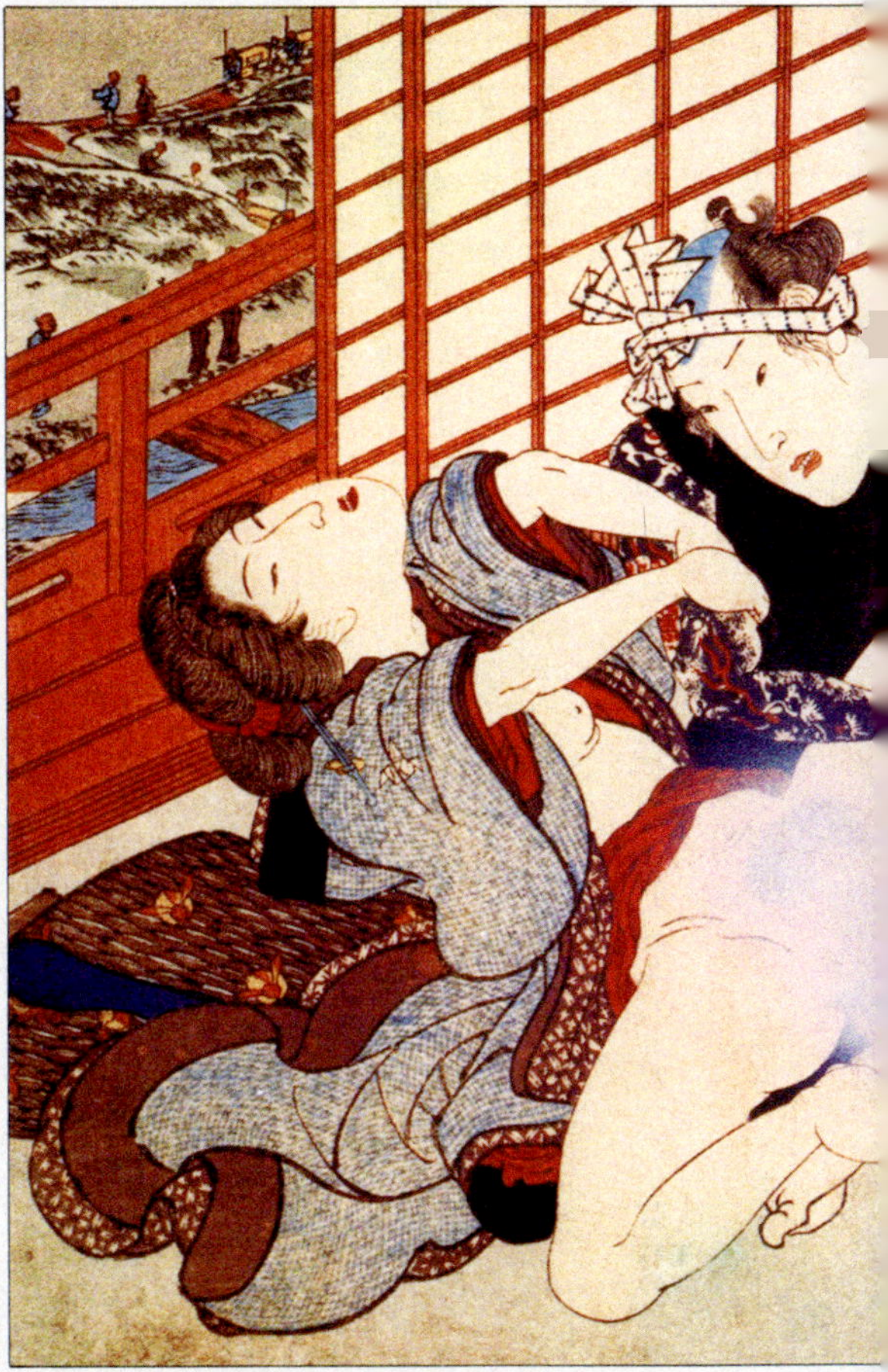

「何でもないが、さびしいからわたしと一緒に寝ておくれ。お前の寝巻はごわごわして寝心地がわるそうだ。これをお着な」

と自分の小袖を引っかけて抱き寄せ、

「あれさ、帯はしなくていいよ。ああ暖《あった》かだ」

腹の上にのせられた長吉はのぼせ心地で、

「もし、こんなことをして叱られはしませぬか」

「なあに、だれが叱るものか。おや、お前は油断のならぬ子だ。拘きつき方をだれに習ったえ」

長吉、顔を赤らめて、

「十三のとき、旦那さまがいい小袖を買ってやるからおれと寝ろとおっしゃって、それから度々かわいがって下さいましたが、女の人と寝るのはお前さまが初めて。女の人の肌は柔らかでございますね」

「お前まで旦那さまが……それがほんとの盗人上手《ぬすっとじょうず》だ。これ、この手をやっておくれ。あれさ、もっと下だよ」

いろいろあしらうが、長吉は顔を火のようにほてらせ、しがみつくだけ。お銭はのぼせ上がって、

「どれお見せ。恥ずかしいことはないよ。旦那さまにされたように恥ずかしがらずと……え

え、もうじれったいよ」

据風呂桶でごぼうを洗うのたとえどおり、物足りないうえに早々に気をやられて、もどかしさは堪えられないほどだ。

「ええもう、この子はどうしたのさ。しっかりおし」

口を吸い、いじりまわしてまた気を起こさせようとさまざまに手をつくすが、長吉はもじもじするばかりで、

「なんだか、こそばゆうございます」

万策つきた果にお銭が思い出したのが、四ツ目屋で買った頼まれ物の張形。これこれと取り出して長吉にかぶせ、

「これでしっかりした。これ、何でも好きな物を買ってやるから、舌を出して吸わせておくれ。力いっぱい抱いておくれ。お前のような若衆がお屋敷にいたら、このほっぺた、皆が寄ってなめつくしてしまうだろうねえ」

なめたり食いついたり、宵にはお君の騒ぎ振りを笑った者が、離れ座敷の聞く者もないのをよいことに騒ぎに騒いでいる。

目をつむったり細めたり、顔をしかめて口を開き、息も絶え絶えに悶えるさまを下から眺めて、長吉も十六になる男、女がこうまで喜ぶのに再び情が動いたのか、

「お銭さま、あそこが痛うございます」

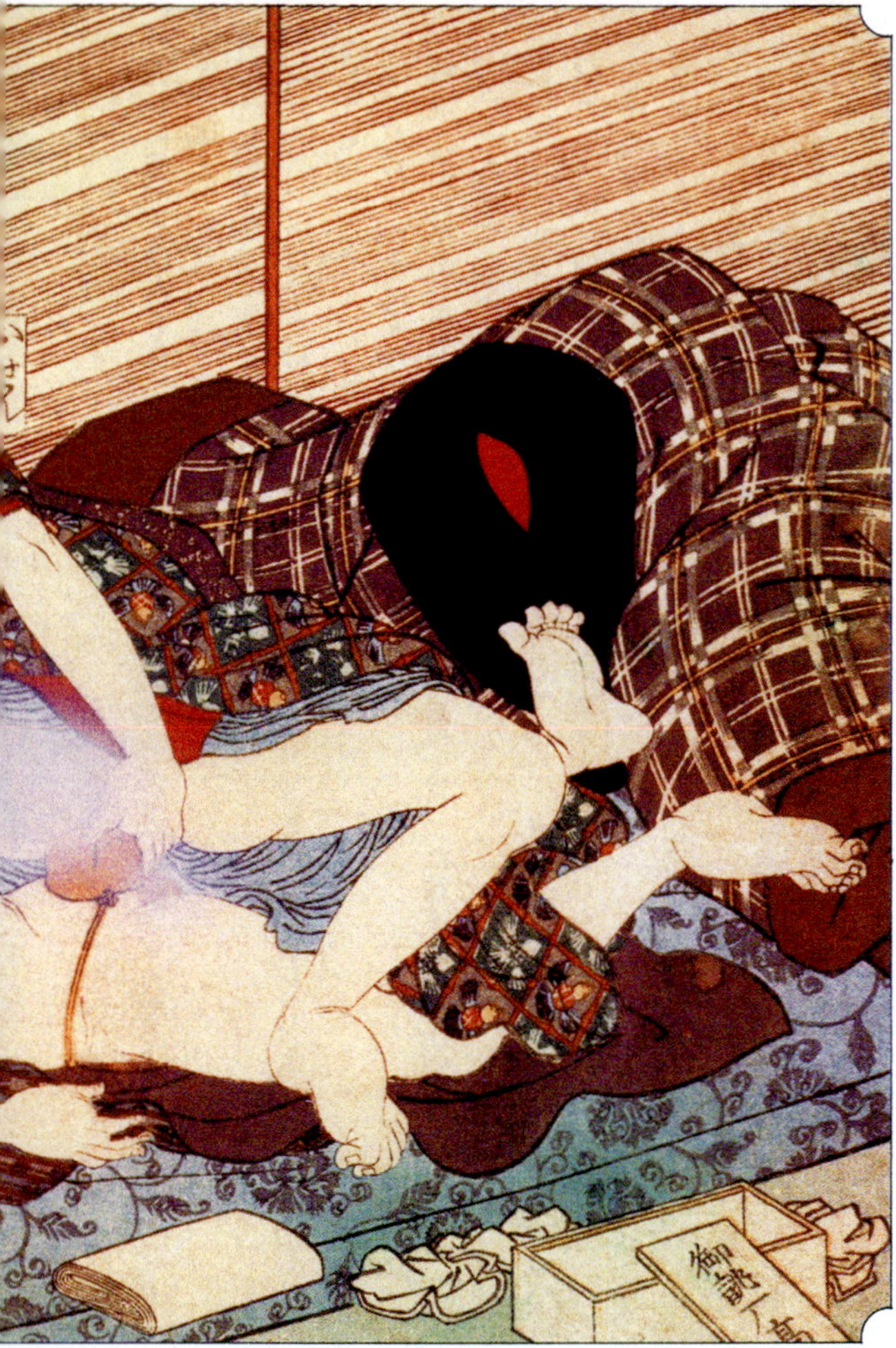

長吉

「そんならとってあげよう」

と張形をはずして、

「あれ、これはもうりっぱなもの、何もいらないよ」

手練をつくしてもちかければ、長吉もにわかにお銭がいとしくなり、初めて女はいいものと覚え、ひしと抱きついてこたえる。

お銭はもう、可愛いくてたまらず、

「長さん、お前を食べてしまいたいよ」

——以後の物語は〔水揚帳二番帳〕に記す。


(「水揚帳」は残念ながら作者、柳亭種彦の非業の死により未完に終っているが、種彦と国貞はこの作品に関しては続刊を考えていたらしく、「二番帳」の予告をした挿絵が収められている。次頁参照)

両替屋彦三
薬湯の
二階にて幽霊の
女を見る

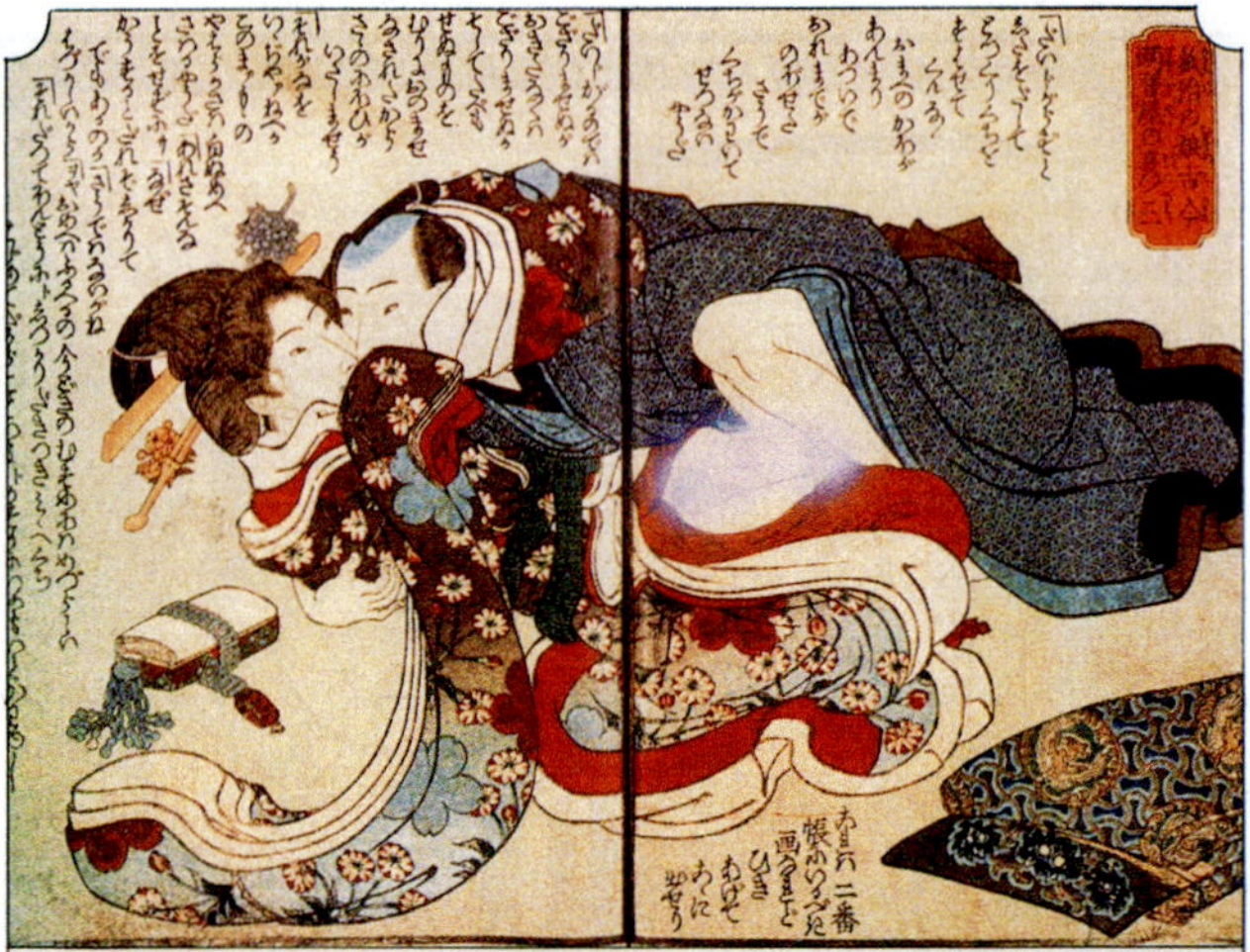

これは二番帳に入るべき絵であるが引き上げてここに出せり

彦三「大事がらずと舌を出して、とっくり口を吸わせておくれ。お前《めえ》の顔があんまり熱いで、おれまでのぼせそうで、口が乾いてせつないようだ」

古今「大事がるのではござりませぬか。お汚《きたな》くはござりませぬが、それに無理に飲ませなされたから酒《ささ》の臭いが致しましょう」

彦三「それがなおいいじゃねえか。このまま股《もも》の柔らかさは白ぬめにさわるようだ」

古今「あれさ、そんなこと……」

彦三「こうすると誰ぞ叱りでもするのかえ」

古今「そうではありませぬが恥ずかしい」

彦三「おや、お前《めえ》、震えているのか。今どきの娘にはめずらしい」

古今「だってほんとうだもの」としっかり抱きつき、男の耳へ口を当てて、「初めてだから怖いのよ、とかすかに言うのもかわいらしい」

喜《き》能《の》会《え》之《の》故《こ》真《ま》通《つ》

葛飾北斎

腰元「ええもう、おいとしい」

殿様「ふう〳〵そなたが来やってからは、とんと稽古も手につかぬ。ついうかうかと日を過ごして、夜は夜もすがら、これ、こうして、それそれこうするとどうじゃ。大初めの夜よりは格別によいであろう。坪流の奥儀《おうぎ》は極めても、子宮《こつぼ》を開くはまだよう知らぬ。ても、その方は、愛《う》い……ふうふう……奴じゃ。忠義者め」

腰元「御前《ごぜん》のお手で、このように、毎晩々々ありがたい御意を頂いて。そのうえに、あれ、そのような結構なお品を……ええもう、ああ、いっそ、あれもう、どう致しましょう」

養子「おっ母さん。どうぞ今晩は、アノ三丁でお休みなさいまし。また明朝いたしてさしあげますゆえ」

後家「ええもう、この子は不孝なことを言いやる。一生後家をたて通し、親類に後ろ指をさされまいと思うたのに、いつぞや、玉門寺さまにお入仏のときのそなたの稚児姿、美しうて可愛らしうて、もうもうたまらなくて、どうぞして……ふうふう、そなたを養子に……もらいたくて、もうもう、いっそもう気がもめてもめて、ようようあの助兵衛をだましおおせて、やっとのことで親子になったものを、そのようなつれないことをお言いかえ。さあさあ、たった一人の母を可愛がって……ふう……おくれ。あれ〳〵何とまあ、お前は……親孝行な」

枕ぎち〳〵布団ふうわ〳〵ふちゃり〳〵

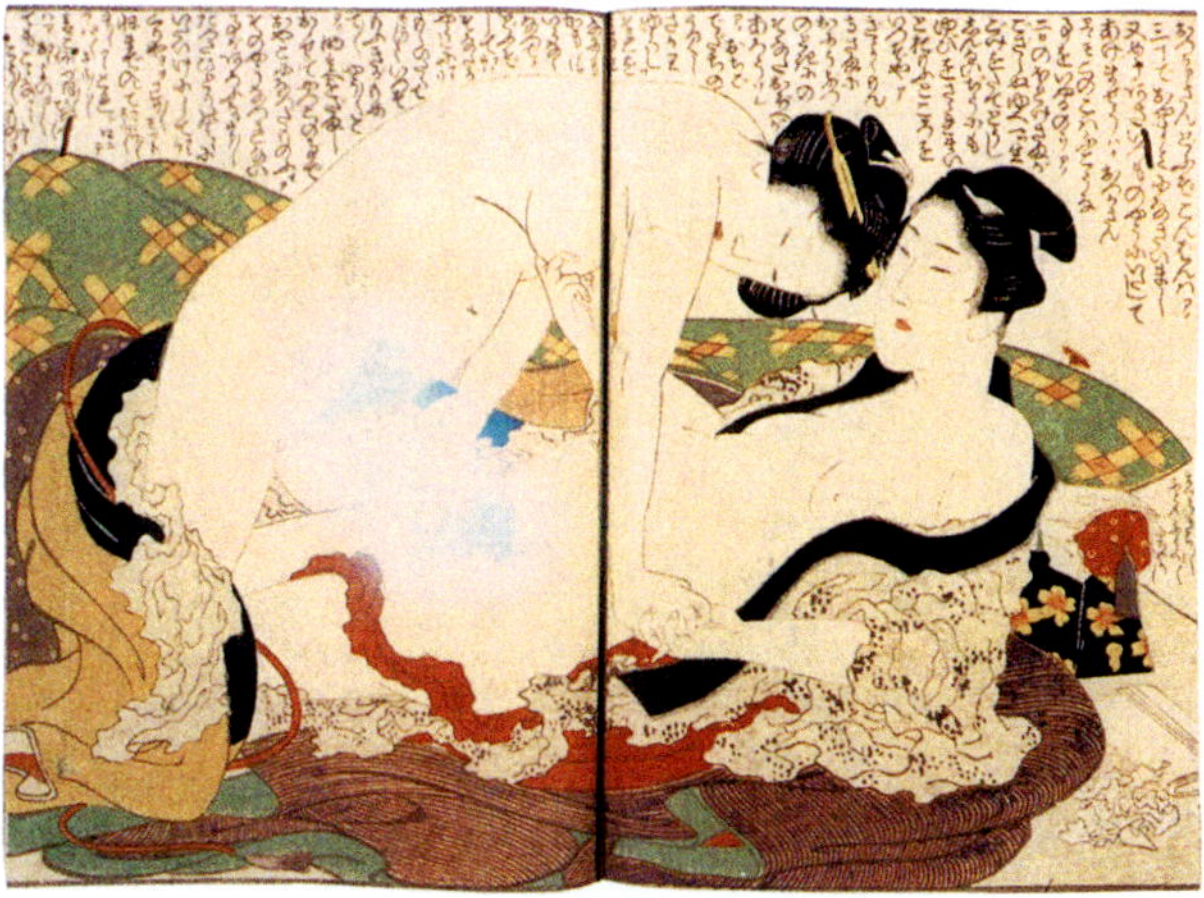

男「コウ〳〵彼岸《ひがん》はあろうものだ。昼中にこういう手際ができるというもんだァ。肥後《ひご》ずいきの巻きあんばいはどうだ〳〵」

女「いいね〳〵昼はひとしおいいわなァ。もうおっ母さんは中日には六阿弥陀《ろくあみだ》さまへフウ〳〵行くからとフウ〳〵言いなはったが、エエモウあのフウ〳〵四番目あたりかえハア……もしえ、アノネ、どうも格別にフウ〳〵アノ……かくフウベフウ、エエ、いいよ、コウいくよ〳〵ウ……ハア……」

男「まて〳〵こうか〳〵エエおれもいきかかってきた、エエいい〳〵フウ……そうだそうだ、フ……ウ、お前《めえ》のフ…ウ…ものがァ…ハァ…火のように熱くウ…フウ…なった」

しくしく泣きだす両人。無言の鼻嵐、フウ〳〵ヒイ〳〵、下がぐず〳〵じく〳〵、上がチューッッパ〳〵

喜能会之故真通

喜能会之故真通

喜能会之故真通

喜能会之故真通

喜能会之故真通

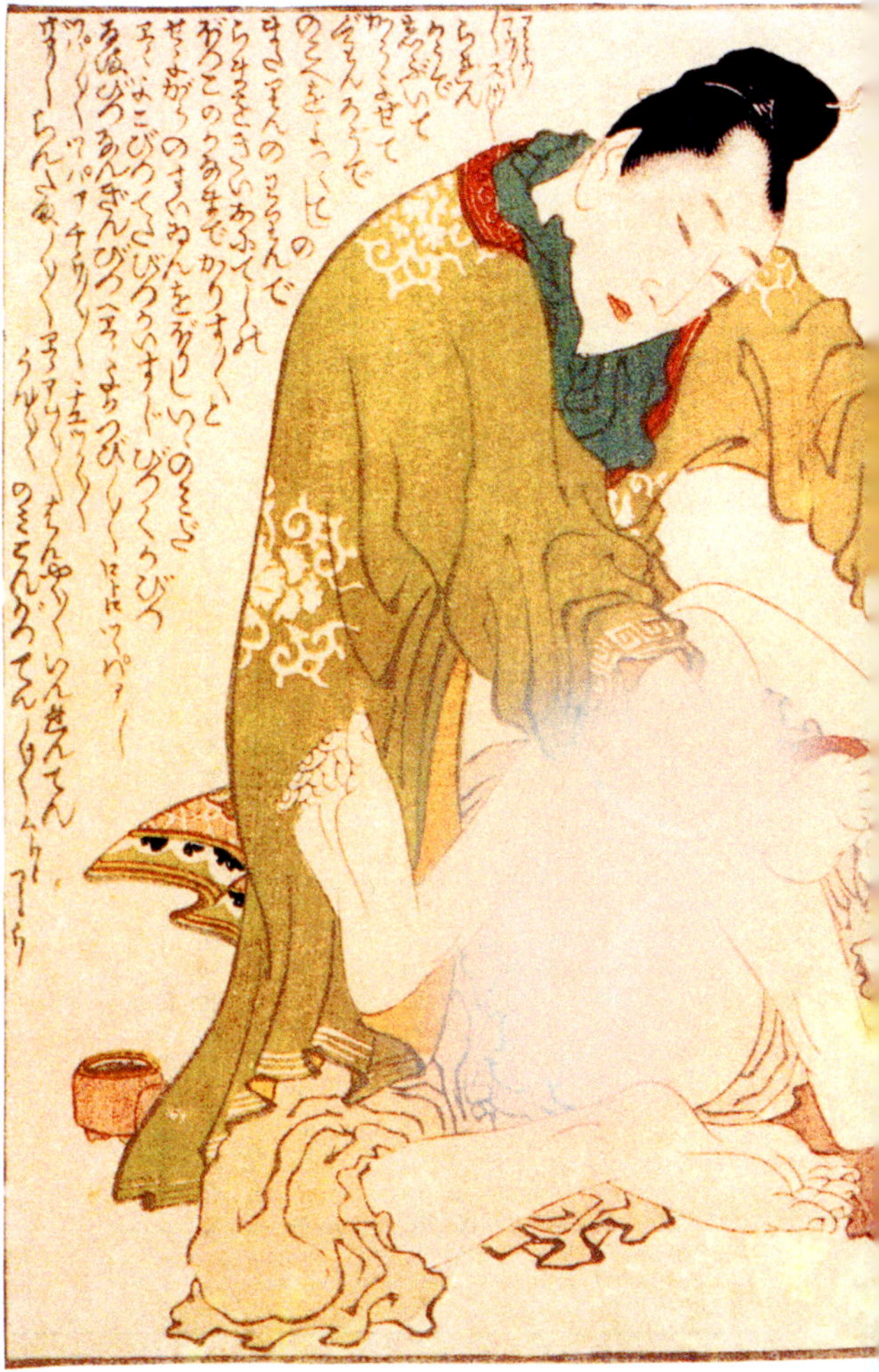

前頁の書き入れをそのまま起こすと——

女「ばんまい〳〵のこようなどいひいめにせあわでアア……びつのかながりひ〳〵くい〳〵りなでろうア…ウ…エ…モウ、もどらないならたくてはやく〳〵れいしてねえくん　れこ〳〵なだんヲアレサ〳〵じいのるいわなとこをたのう　フウ〳〵〳〵いいのう　アレヒイ…エエいいのう　アレヒイエッヘ…いいのう〳〵よか〳〵フニャフニャ」

男「フーウスウ〳〵〳〵られんこうでしぶいてこうよせてがんろうでのこへをよつくしての、またりんのわりんでらまときいなにてしのぶつこのかなまでかりす〳〵とせよがら、すいいんをりぼしずだ。エエよこびつたこびつかいすじびつくうびつなまびつなんざんびつ　ヘエエよかつび〳〵〳〵ロトロッパア〳〵ツパ〳〵〳〵ツパアチュー〳〵〳〵チュッ〳〵〳〵」

女「サア〳〵ちんたま〳〵〳〵エエアレ〳〵〳〵はんやく〳〵いんせんてん」

男「ウン〳〵がってん〳〵ムーフー」

文字をひっくり返して並べ換えると——

女「毎晩々々このようなひどい目に会わせて、アア…ハア…開《つび》の中がウ…ひり〳〵ひく〳〵アーウーエーモウどうもならない、早く〳〵入れてくんねえョ、これ〳〵何だョ、アレサ〳〵意地のわるい男だのう　フ…ウ…ヘッエエ、いいのう。アレヒイ…エッヘ…いいのう〳〵あっ〳〵いいのうフニャ〳〵」

男「フーウスウ〳〵〳〵られん香でいぶして、香寄せで丸ろうでへのこを強くしての。ぬりんのわりんでまらをきたえての。子宮《こつぼ》の中まですっかり〳〵と寄せながら淫水をしぼりだす。エエ、横開《つび》、縦開《つび》、筋交開《すじかいつび》、空開《くうつび》、生開《なまつび》、難産開《つび》、ヘエエよか開《つび》〳〵口と口、ツパア〳〵ツパ〳〵〳〵ツパアチュー〳〵〳〵チュッ〳〵〳〵」

女「サアちんたま〳〵エエアレ〳〵〳〵早く〳〵入れておくれ」

男「うん〳〵合点々々むうふう」

右頁の書き入れ文——

女「これサ、まら助、無体なことをしやる。アレサ、モウどういたそう。アレサ悪いことを。不届きなことをしやると表向きへ申し立てる。アレモウ、汚《きたな》らしい。ひげで痛いョ〳〵ハア」

男「もしもし、おかるさま、よき折助もあるならと待ちに待ったる今日のお供。ここをはなすと、もうこんな役廻りはできませぬから」

女「アレ〳〵いやョ、いやだョ。いやだよ〳〵」

男「てもふっくりしたよいお香箱」

女「アレアレ」

男「薄々と毛が生えて、びろうどの巾着《きんちゃく》にばかのむき身を入れたようだ」

チュー〳〵、くじる音ぐず〳〵

喜能会之故真通

女「アレサいやだよ、痛い痛い。コレサいやだヨウ。モウここを離してくりやというに」

男「サア、ぬらぬらぬらとぬらいきだしたは、もしおかるさま。松介でも団十郎でも、もしこういうの、それこう、ここをいじっての、ソレええフーウ」

女「いやだョ〳〵」

にちゃ〳〵ぐず〳〵

男「サア」

してやったと仰向けに倒してむりに割り込む。

女「アレいやだよウ、よして〳〵あれ」

頭が半分入ったが、

女「ハア、アレ〳〵いやだョ〳〵フーウ」

それをぐっと入れると、まず今日はこれきり、エエ不景気な。

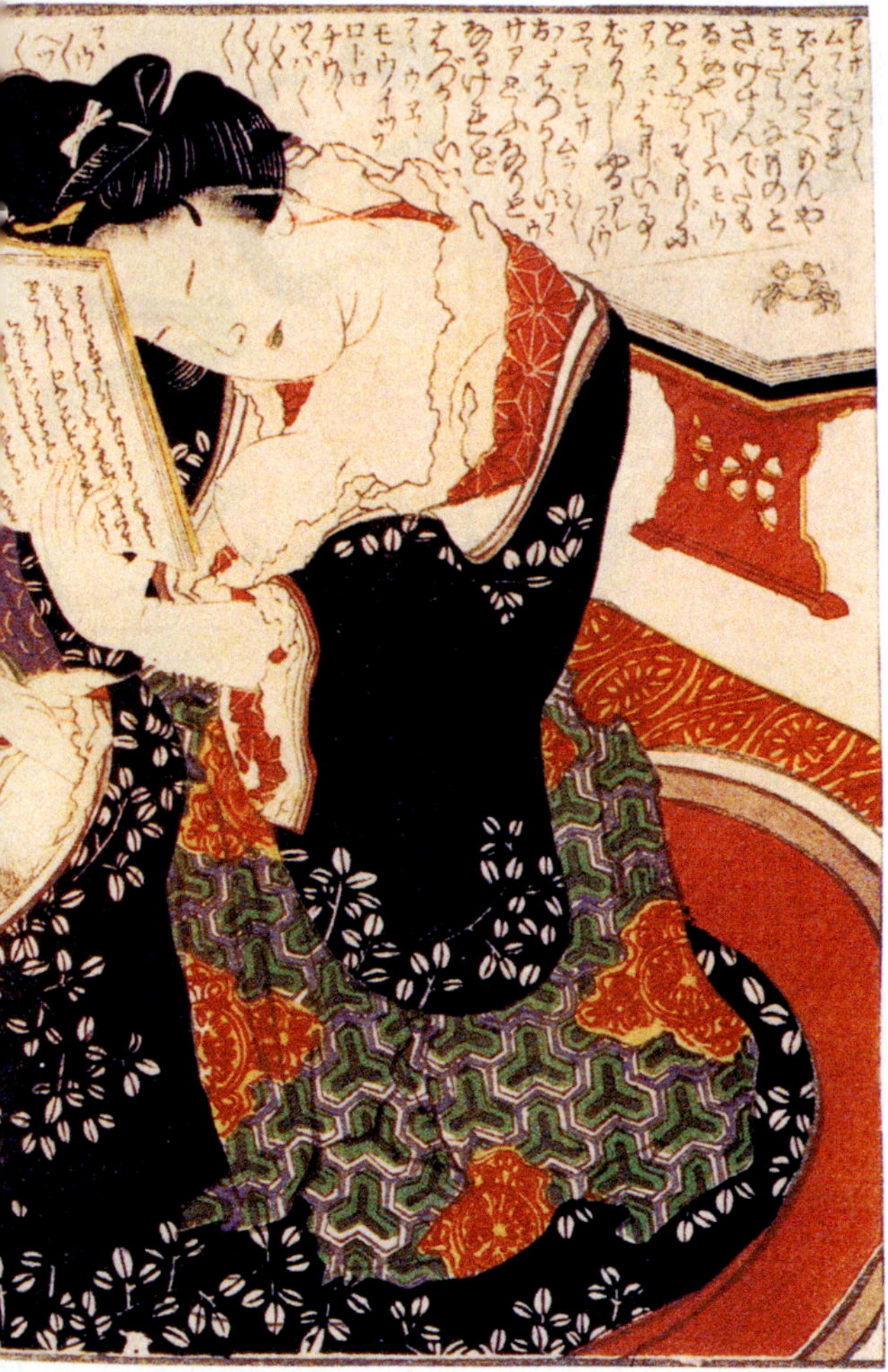

喜能会之故真通

喜能会之故真通

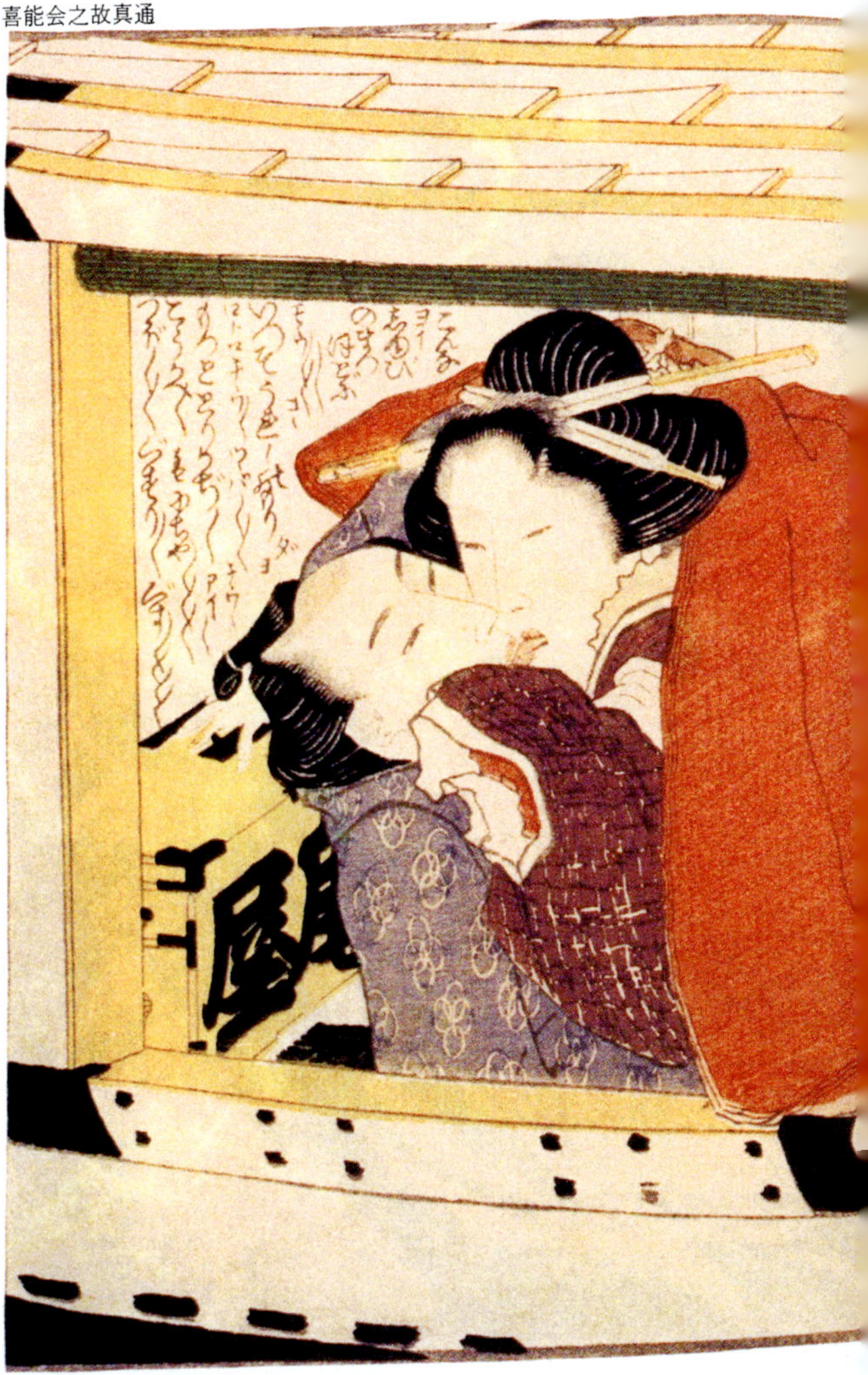

喜能会之故真通

前頁画の書き入れ文――

大蛸「いつぞは／＼と狙いすましていたかいがあって、今日という今日、とうとうとらまえァ。ても、むっくりとしたいいぼぼだ。芋よりはなお好物だ。サア／＼吸って吸って吸いつくして堪能《たんのう》させてから、いっそ竜宮へ連れていって囲っておこうス」

　ズフズフ／＼チュッチュ／＼ッズウッ／＼

海女「アレ憎い蛸《たこ》だのう……エエいっそアレ／＼奥の……子宮《こつぼ》の口を吸われるので息がはずんで、アアエエもうイック　いぼでエエウウいぼでそらわれをいろ／＼と…アレアレこりゃどうするのだ。ヨウ／＼アレ／＼いい／＼今までわたしを人がアアフウ／＼／＼蛸だ蛸だと言ったがの。どうしてどうして二本の足のからみぐあいはどうだ。あれ／＼中がふくれあがってアア／＼湯のような淫水……」

　ぬら／＼どく／＼／＼

海女「エエモウくすぐったくなって、ぞろぞろと腰におぼえがなくなって、いきつづけだあな。アアアレ／＼ウウ……いいよ／＼」

小蛸「親方がしまうと、おれがこのいぼで、さねがしらから毛元の穴までこすってこすって気をやらせた上でまた吸い出してやるによ。オウ／＼」

喜能会之故真通

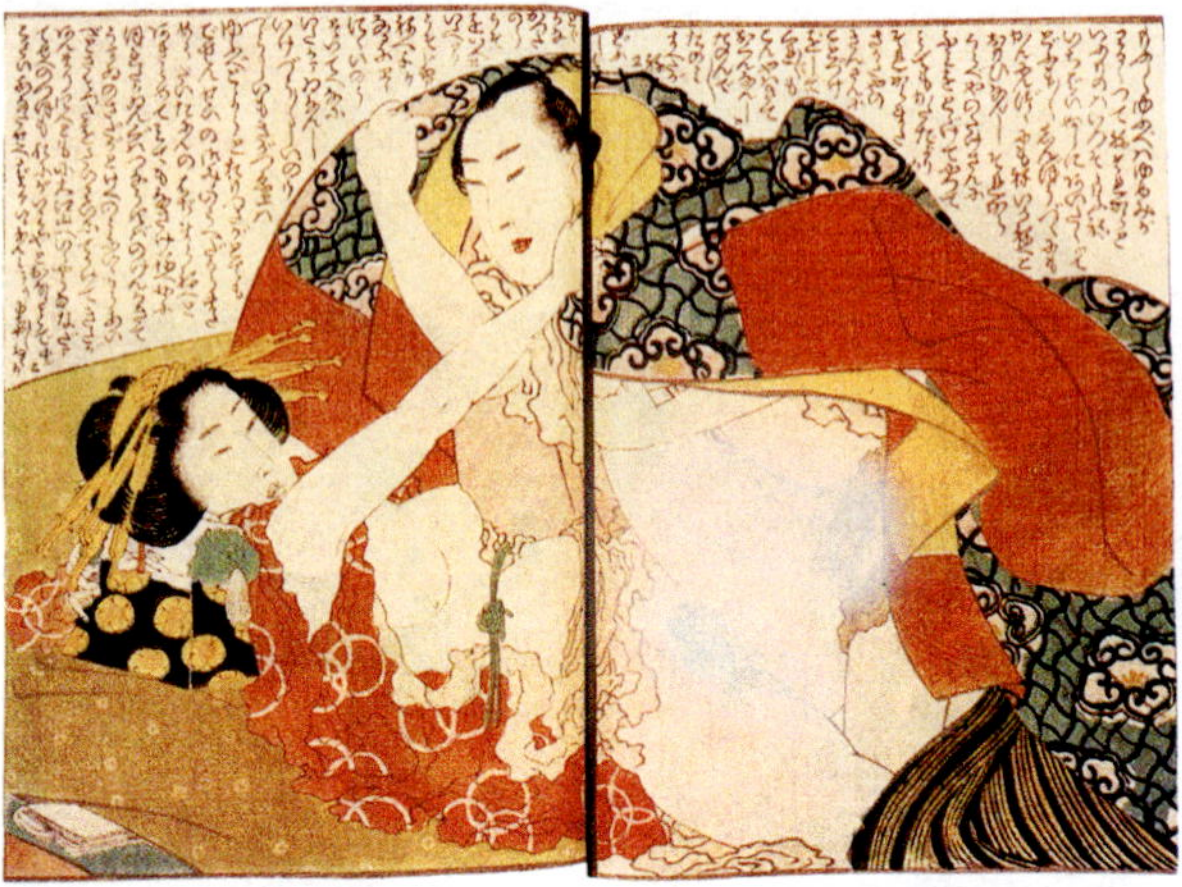

右頁の書き入れ文――

花魁「もうもう昨夜《ゆうべ》は夢見がわるくってね。それからというものはいっそもうね。いちばい主《ぬし》に逢いたくて、どうにも〳〵辛抱づくにも勘忍づくにもいかねえと思いなんし。それから卜部《うらべ》屋の武さんに文をとどけてやってみても片だより。坂田屋の金さんに言伝《ことづけ》をして、くれぐれも今夜は来ておくんなんしと、頼んで〳〵頼みすえたが、どうして届かなかったのかえ」

情人「嘘を言え」

花魁「いいえ、アノ、嘘じゃないよゥ」

情人「なァに」

花魁「エエ憎らしい」

情人「痛え」

花魁「なに、痛かなんし。いけずうずうしい」

喜能会之故真通

情人「ずうずうしいも気がつえェね。昨夜来ようと思ったが、とてもご全盛のお身の上だから、また名代《みょうだい》じゃはじまらねえと諦めてみても、情ねえ、惚れたが因果よ。そけえ綱浮き場の健《けん》が来て、碓井の貞がとこへ飲みに行くからと言うので出かけて来たが、あんまり四人とも大江山へ行くような名だァ。手前の壺も鬼が岩屋と同《おんな》じで、ホンニ臭い穴だぜ」

花魁「ばかァ言いなんし、チュー」
ねちゃ／＼ぬらり

（上の二画は酷似した構図で、さながら〝間違い捜し〟のようである。場所と衣裳はさておき、細部で面白い違いを表わしている。例えば、男と女の口紅……）

たった一丁の御無心もだしがたく

筆まめな静者《しずかもの》は湖水の月に夜なべをはじめ、早合点のおちゃっぴい、雪の窓に簾《すだれ》を外し、花の色をおしむ、生《き》娘はつまみ洗いして恥をかかせ、むかしも今もかわらもの、われても末の遂げぬもあり、夢ばかりなる手枕《たまくら》に買馴染《かいなじみ》の女房約そく、惚れたが大事か、そっとやる手もいたずらな、アレサモウわるい男に美しい、妻も子守も御乳人《おちびと》も抱いて添乳《そいち》の和らかに、くわえて曳上手《ひくじょうず》あれば、もじって吸いつく功者もあり、永いもあれば短夜《みじかよ》に、鳴る四ツ目屋の八ツも七ツも繰りかえしたるくり事の奥から口へ秘術を尽くし、突行鼻《つきゆきはな》の息合《いきあい》せわしく、甲《きのえ》の小松《こまつ》寝にかよう、猫の恋する春の夕《ゆうべ》、徒然《つれづれ》のあまりぬらぬらと書きのめすことしかり、

つるんでぬけぬ

戌のはつ者

紫雲菴

雁高誌

〔上巻〕 枕裡物語《まくらのうちものがたり》

財産ある者は盗人に狙われ、容姿美しい者は人に淫《みだら》心を起こさせる。己《おのれ》の美しさによって己を害《そこな》った者も数えがたいほどであるが、いつのころか山の手に住んでいた花田梅之丞という美しい若者もその例にもれない。

花田家は代々ある国主に仕える者であったが、梅之丞は幼少のころ両親に先立たれ、わけあって扶持《ふち》からもはなれてしまった。

寄るべもない捨小舟のあまり不憫と、叔母の某に引き取られたが、長じるにつれて、天性の美質は竜章鳳姿、艶に優しく、あでやかなること、わが国の光る君、唐《もろこし》の衛玠王衍瑶岳にも劣らぬほどであった。そのうえ才知にすぐれ、和漢の文《ふみ》に通じ、書は晋の古風をよくし、武の道であれ芸の道であれ、人後に落ちることはなかった。

このような者が下々《しもじも》の間に落ちぶれさすらうようになったわけを語ると——

梅之丞が育てられた叔母婿高涛《たかなみ》某の娘お磯は、美人のうえに心だてもやさしく利発の者であったから、父母の愛を一身に集め、深窓に育てられて、今年三五の月の眉、花の顔《かんばせ》柳腰、心を奪われない者はいないほどである。つてを求めて婚を請い、または軽薄《うわき》の美少年《むすこかぶ》たち、あまり評判が高いので、見ぬ恋に洟《はな》をたらし、いろいろしていい求めるが、襁褓《むつき》のうちより、さる方の嫁約《いいなずけ》ある身であるから、すべてをことわってきた。

梅之丞もかねてお磯に想いを寄せてきたが、恩ある叔母の娘であるし、夫となる者も定まっていることではあり、それに梅之丞自身、家名を興す大望を抱く身であるから、深くつつしみ、自ら戒める日々であった。

ある日、梅之丞、風邪《かぜ》で伏せっていたが、思うのは越し方行く末のこと……。お磯が薬を煎《せん》じてきて、

「これを召し上がって汗を流せば、こころようなります」

と差し出したが、思いにふけっていたので、お磯の姿も目に入らず言うことも耳に入らない様子であった。お磯は梅之丞の胸中を察してか枕元に坐って言った。

「あなたは長の年月この家で過ごしてきましたが、心に任せぬこと、気遣うことも多かったでしょう。両親《ふたおや》のない身のことで頼りない思いだったことでしょう。お気の毒です」

梅之丞は心うれしく、

「親切なお心入れ、忘れませせぬ」

とつくづくお磯を見やって、このように物腰やわらかく心根やさしいうえに容姿すぐれた女をこそ妻にしたいと思う心がいやますのをおさえることができなかった。すでに夫の定まった女だが、この女のためなら道でないこともしようと心に決めた。

日夜目をつけていると、ある日、お磯が一人で歌書を見ていた。近くへ行ってそろそろと

鞘当てすると、女も梅之丞の美男ぶりを日頃から気にしているので、稲舟《いねぶね》の否《いな》にもあらぬ心であろうか、さりげなくかの言葉などを聞いてきたので、梅之丞、お磯の手を取って、

「かの源氏物語の講釈をお聞きになったか」

と言うと、恥ずかしそうにお磯は、

「ありませぬ。悪戯《いたずら》なことをなさいますな」

と手を離そうとするのを、

「静かになさい。よいことを教えます」

と横抱きにして内股に手をやり、少し広げて乗りかかった。

お磯、「あれあれ……」と声をたてたが、それほど大声をたてず、赤らめた面をそむけて震えている。

梅之丞はこの道にかけてもなかなかの巧者で、振袖を女の面にかけ、あのところに手をやってみると、いまだ毛も生えず、銀《しろがね》の饅頭《まんじゆう》を合わせたように盛り上がっている。白くすべらかなことは羽二重の如くである。

梅之丞、わくわくして、玉茎《たまぐき》が燃えるように熱くなったのをつかみ、唾《つばき》をとろっとなすりつけて玉門に含ませようとしたが、狭《はざま》はきしむだけで開かない。頭がもぐろうとすると、女は「痛い〳〵」とのり出す。

なお押し込もうとこすりつけるうち、たえられず、あっとばかりに門口へ吐き出してしま

った。

不承々々《ふしょうぶしょう》起き上がると、お磯も恥ずかしそうに身を起こし、

「悪いことをなさる……」

と立ち去って行った。

その後はこりたものとみえて、お磯は梅之丞ひとりのところへは近寄らなくなった。

そのうち、母が病を得て床に伏すようになった。

ある夜、お磯が梅之丞と病間に詰めていた。人々寝静まり、夜半の鐘の音ももののさびしい。

梅之丞、病人の寝息をうかがい、お磯の側にすり寄って手を取り、

「どうして私を嫌うのですか」

とささやく。

お磯、いいえと首を振って、

「嫌うのではありません。いつぞやのようなひどいことをなさるから……」

と後ろずさる。梅之丞が体を寄せると、

「あれ、母《かか》さまが目を覚まします。おやめなさい」

「静かになさい。叔母さまが目を覚まします」

と抱き寄せて口を吸い、前に手を入れる。

「あれ、いけませぬ」

指が探り当てるともうたえられず、女を横抱きにして脇の間へ出て、「あれあれ」と抗《あらが》うのを押しころがし、

「いけませぬ。お願いですから、やめてください」

とお磯が必死に押し返すのを押さえつけ、前を開いて割り込み、唾《つば》をつけて押し入ろうとするが、玉門はきしむだけで開こうとしない。

女の腋の下から肩に手をまわして締めつけ、そろ〳〵とあしらうと、さすがにきつい玉門もゆるんで、頭だけはようやくもぐりかけた。

「ああ……」

女が股をすぼめてのり出す肩をしっかと押さえて、なおあしらうとようやく三分の一ほどおさまった。

「痛や痛や……」

女は顔をしかめて涙を流しているが、ここで引き下がっては元《もと》の木阿彌《もくあみ》、そっと引き抜き、また唾を塗りつけて突き進む。ぬるぬると半ばまで入ったのを、なおそろりそろりと腰をつかうと、するするっと沈み込んだ。

「おお……」

どっぷり漬かる心地よさ、しまりもあって何ともいえない。とかくするうち、たちまち気をやってしまった……。

梅之丞、起き上がって「かわいや」と抱き起こす。

お磯、顔を赤らめて、

「また無体なことをなさる」

と言い捨てて母の元へもどっていった。

〔中巻〕

叔母の患《わずら》いが癒《い》えて一家そろって墓参に出かけるという日、お磯が風邪ぎみで留守番すると聞いて、梅之丞は用事にかこつけて居残りを決めこんだ。

皆が出かけてお磯のほうをうかがうと、下女が付き添っている。一計を案じ、

「何ぞおもしろいことをしませんか。隠れんぼはどうでしょう。見つけられなかった鬼は罰として、くすぐられることにしたら……」

と言うと、お磯も下女も「おもしろい。しましょう」と応じた。

まず鬼になった梅之丞を屏風《びょうぶ》で囲んで、お磯と下女はいずくへか忍び隠れた。

梅之丞の鬼はここかしこ尋ね回り、二人を戸袋の中に見つけたが、次の番の下女の鬼はお磯と梅之丞を見つけられなかった。ついに「降参」と呼ばわった。そこでお磯と梅之丞は下女をくすぐった。下女はころげまわって笑い、しまいには涙をこぼした。

次々に入れ替って鬼になったが、梅之丞はついにお磯をくすぐる機がなかった。隠れんぼの目的の一つであったのだが……。

三度目、梅之丞が鬼になったとき、物置の櫃《ひつ》の陰にうずくまる下女を見つけた。この下女は十九か二十《はたち》、色白でちょいと太り肉《じし》、ぷち／＼した感じが妙に男心をそそる。梅之丞、不意にむらむらときざして、

「見つけた」と言うやいなや抱きついた。

「これは梅之丞さま、何をなさいます」

「静かにせよ。よいことをしよう」

梅之丞が股に手を差し込もうとするが、下女はきつく締めて入れさせない。さればと片手で腋の下をくすぐり、これに気を奪われ膝をゆるめるところへ片手を差し込んだ。

「いやいや……」

身をもむのを探ると、柔々《やわやわ》とした毛がうっすらと生えている。さすがにこたえられない食指《ひとさしゆび》と中指を忍ばせてくじれば、あっあっと身をもんで振りほどこうとするうち心地よくなったのか、耳たぶを火のようにほてらし、鼻息荒く、目を閉じて梅之丞に抱きついてきたから、ここぞせかぬところとなお奥へと指をつかえば、たまこぬかして腰を持ち上げ／＼、すり寄せてくる。頃はよしと押しのけて割り込み、半ばまで入れてそうっと抜き差しすると、

「ああ、そんなに／＼」

と夢中でもだえる。

ぐいと根元まで押し込むと「ひっ」とすがりつき、そろりそろりとつかうと持ち上げ持ち上げ締めつける。ぐちゃ〳〵と鳴る音は、人気《ひとけ》のない屋敷とはいえ気がひける。ここを先途《せんど》と突き立てて思いきり放つ。

紙にて一物を拭い、物置を立ち出ると、そ知らぬ顔でお磯をたずね歩く。

土蔵の扉を開けてのぞいたとき、二階でかったりと音がした。さてはと梯子をのぼると、お磯が長持と箪笥《たんす》の間にかがんでいる。

「見つけた」

「あれ……」

と笑いあって下へ降りようとしたが、待っていたのはこのとき、梅之丞、後ろざまに抱きついてすばやく前へ手を差し込む。

「あれ、また……」

と坐り込むのをぐいっと差し込み、二本指でくじると、たちまち潤う毛なしの饅頭……押し倒して割り込み、差し入れ、大腰に使う。

「それそれ」

「もうもう……」

今しがた下女に放ったばかりだから、使いに使うが洩れればこそ、業物は猛りに猛る。土蔵の二階は家鳴《やな》り震動するばかり……。

お磯、突き立てられてよさを覚えたか、足で男の背中を抱え、手は首っ玉へ蔦《つた》かずら……

「梅之丞さま、どうしましょう。妙な気分になりました。あれあれ、これはどうしたこと……」

と臍の緒切って初めてのよがり声をあげる。

梅之丞も、想う女をよくぞここまで連れてきたと思うと天にも昇る気持ちで突きに突く。

やがて、したたかに放った。満ち足りた気分でお磯を抱き起こして、「かわいい」とささやくと、

「もうし梅之丞さま、お前のご存じの通り約束のある身のわたしを、このようにしたあなたですが、今はいとしうてなりません。必ずお変わり下さいますな」

お磯、すがりつく。

かくて二人は深き仲なる恋の淵に溺れ、暇さえあれば濡れあった。

やがてお磯は妊む身になり……いつか腹が目立ってきた。

親は大いに驚き、許婚もある者が何たる不始末、先方に何と申し開きするかと怒り困惑して、しきりに思案している。

いたたまれぬのは梅之丞、ついに夜陰にまぎれて出奔した。

〔下巻〕

日を重ねて着いたところは洛外の淫楽寺。その寺の住職は花田家に縁《えにし》のある者で、梅之丞の面倒をみてくれるという。

しばらくして住職は、生活《たつき》の糧《かて》にもと師匠を頼み梅之丞に医術の修業をすすめた。

もとより書も読めるし、文にも長《た》けた利発者の梅之丞であるから、上達も早く、半年後には針の術を修得するにいたった。

そうなると、医者に不自由な田舎のことゆえ、あちこちから招かれ、いつかはやり医者になってしまった。

この年も夏が過ぎて秋がきた。

梅之丞がわが身一つの秋を嘆じ、来し方行く末に思いを馳《は》せていると、さる方より針治療を所望《しょもう》する使いが来た。

羽織をひっかけて急ぎ出向いた宅は、母一人子一人の侘《わび》住まいであった。

当家の主は某上家に仕官の身であったが、去年の春亡くなり、後家《ごけ》となった妻は生業《なりわい》に村の小娘らに書を教えている。貞節の者で、かりそめにも淫《いや》らしい噂などなく、村のほめ者であった。

と言う。

梅之丞が案内《あない》を乞うと、年とった下男《げなん》が出てきて、内儀《ないぎ》が頭痛はげしく針を打ってほしいと言う。

病間に通ってみると、色あくまでも白く、肥えてもいず痩せてもいず、目もと涼《すず》やかに鼻柱通った美しい後家である。梅之丞は驚きかつ悦《よろこ》んだが、色にも出さず、

「いずこが痛みますか」

と容体《ようだい》をきき、そばに寄って脈を見、額を揉んだのち、四、五本針を打ってから、

「如何ですか」

「よほど痛みも和らぎました」

と後家がうれしげに言う。

「では、次は三里に」

梅之丞が言うと、後家はうなずき、

「寝たほうがよろしいでしょう」

と横になって裾をまくる。足の白さもまぶしく、梅之丞が膝裏の凹みに打ち込むと、

「さてもさてもお上手、ことのほか快《こころよ》く相成りました」

と起きだし、手洗《ちょうず》の、茶の、ともてなす。

梅之丞はここが大事と礼をくずさず、

「ご用の節はいつなりと」

と湿深《しつぶか》な目つきもせず、さもおうようにして辞去した。

十日ほどして、また、お出でを乞う旨の使いが来た。

梅之丞が待ちかねた思いで急いで赴《おもむ》くと、後家はこの前の病間に伏せていた。梅之丞、もみ手して、

「どれどれ……」

とそばに寄って脈をとり、そこここに針を打つと、後家の言うには、

「いつぞやはおかげにて快くなりましたが、また昨日夕刻より痛み起こり、一睡もできぬ始末……」

その訴えるような愛らしさに、梅之丞、覚えずぞっとしたが、さあらぬ体《てい》で、

「さぞさぞお難儀、察し入ります。もろもろの病《やまい》のうち頭痛はとりわけ悪しき病、なれどおいおい痛みも引きましょう」

といたわれば、

「ありがとうございます。あなたさまはお若いに似ずすぐれてお上手《じょうず》、かかる方が田舎住まいはさぞかしご不自由でございましょう」

「いや、住めば都とやら、馴れましたなればさほどでもありません」

「おお、そうでござりました」

後家が思い出したように、「先日、三里をお打ち下されましたが、まことに気持ちよう存

じました。今日もついでのことに願えませぬか」

「よろしうござります」

「では……」

と後家がごろりと寝返った。梅之丞が夜着の下へ手を入れて三里の辺りを揉みほぐすと、快さに加えて、昨夜は一睡もしていないとかなので、すぐにうとうとしはじめた。

梅之丞、ちらちら女の顔を見るに、見れば見るほど美しい寡婦《かふ》ではある。ぞくぞくするものを覚えながら揉んでいると、下男の爺《じい》が屏風《びょうぶ》の際《きわ》へ顔を出して、

「よんどころない用事にて出かけます」

と言う。後家が目もあけず眠たげに、

「あい……」

と応じると、下男は梅之丞に向けて、

「申しわけないことながら、しばらく用は手間どります。よろしく頼みます」

と頭を下げて出て行った。

やがて、後家がうっすら目をあけて、

「さきほど爺《じい》が何と申しました」

「いずれにか用があるとかで出かけました。帰りにはよほど間があるとか」

「おや、それはまた……」

後家は驚いた体《てい》で、

「今日でなくともよいのに。うつつに聞いて許しましたが、こちらに用もあったものを」

言ううちにとろとろと眠りに引き込まれる様子である。

梅之丞、してやったりとほくそえみつつ揉みつづけ、頃はよしと膝まで夜着をまくって三里へ針を打ち入れた。ところが、後家はいっこうに応《こた》えもなく白河夜舟の息づかい。尻を梅之丞の方へ突き出し、膝をかがめて心地よげに眠っている。

梅之丞、試みに膝の上に手を置いてみるが、女、気づかない。だんだんに上へ上へと手を滑らせる。小股の辺りより底割れの上っ面をそっと撫でると、あたたかにふくれあがって、やわ〳〵した手ざわりのよさはたえられぬほどである。

だが、女が目を覚ましたらと思うと、また手をもどして三里のあたりを撫でまわしていたが、奥の手ざわりを思い出すともはやこらえきれず、夜着をそろりそろりとめくり上げる。

そのとき、男神風逆昇幃仲《ぎゃくじょうむなさわぎ》、総身の筋骨凝って動きもままならなかったが、ようやく尻の際《きわ》までめくると、肌白くすぐすぐとしてたまらない。今少しまくると。桜色の尻門《ぎょくもん》が拝まれた。今は、女が目覚めていかなる事態にたち至ろうと、なんじょうもって引き下がるべき……

女を仰向かせ、股を開くと、梅之丞は褌《ふんどし》をはずした。怒りきったる大身槍は燃えるが如く、その色は紫黒、青筋のいちいち瘤の如くふくれ立った大まらの頭《こうべ》に唾なすりつけ、玉門近くへ押し進めたが、女は前後も知らず眠っている。

ぬうと押し込むと、ずぶ〳〵と半ばまでおさまった。

「ああ……」

さすがに後家は目を覚まして、

「何をなさる。おのきなされ」

突きのけんとするのを、左手にて女の肩を押さえ、右手を後ろより内股にかけて持ち上げ、無二無三に突き立てる。

なおも女は身を起こそうとするが、いたずらにもがくのみ。呼べども人の来る気配はなし。そのうち、後家どのはしだいに腰をつかいはじめた。火の棒の如き大まらを右に左に突き立てられては、なんじょうもってたまるべき。一年余のたしなみも日頃の貞節も一時にやぶれて、鼻息あらく顔をしかめてすすりあげ〳〵大よがりによがる。

梅之丞、無言にて汗水になって突きかけたが、やがて心をしずめ中腰に浮き上がってゆう〳〵と秘を尽くす。女はうつつになって覚えず知らず世迷い言。

梅之丞、ここぞと根元まで押し込めばはっと泣き出した。

「あれ〳〵、もう〳〵、死にます〳〵」

持ち上げ持ち上げて気をやるのを、男はなおも横ざまに抱いて突きつづける。女は男の首にからみついて幾度いったか、その数を知らず……

やがて精も根もつき果てて、互いにほっと溜息、

「ふとした縁《えにし》のはずみに道ならぬ恋路に迷い、武骨《ぶこつ》の振舞いをお許しください」

と梅之丞が言うと「とは申せ、あまりのなされ方、お恨みに存じます。なれども、はや取り返しのつかぬこと。わたくしとてお恥ずかしき体《てい》たらくでございました。このうえは今日のこと忘れ去り、お互いを思い切るよりありませぬ」

とじっと見やる愛らしさ、色っぽさ。

梅之丞、ぞっと総毛立って、この一度ですませてなるものか……

「無骨の段、重ねてお詫び申し上げます。さりながら思い切れとはすげないお言葉、思い切れるほどなら、何とてかかる振舞いに出でましょうか。末長く契《ちぎ》ることかなわずば、せめて、いま一度二度はお許しあれ」

と涙を拭って見せるのに、後家どの、わずかに首を振って、

「うれしきお言葉なれど、改むるにはばかることなかれとやら。わたくし、およばずながら操を立て、心静かに居りしものを、無体《むたい》におよばれて覚えず心を動かしたることの罪のほども恐ろしう存じます」

「そのお言葉を聞くうえは」

梅之丞、打ちうなだれて、

「一言の申しようもありません。もはや憂き世のことこれまで」

と、小刀《ちいさがたな》を押し頂き、すらりと引き抜いて腹に突き立てんとすると、狂言とも知らず、後家は仰天《ぎょうてん》して、

「これは、何をなされます」

男の手にすがりついて、

「さほどまでに思《おぼ》し召されるお心、どうして仇《あだ》に致せましょう。とにもかくにも一度二度はお情《なさけ》に免じてお目もじ致しましょう」

一度二度が三度四度、三度四度が五度六度……雨も厭《いと》わず、風にもめげず、雪の夜はまたひとしおと、梅之丞は通いつめた。

美男医師《くすし》がやもめの美人のもとにしきりに出入する。噂はすぐに立った。医師は都から来た色事師と囃《はや》す者もある。

「生如来《いきにょらい》と呼ばれるわしまでが悪しざまに言われるわ。何としてくれる」

と住職に言われて、梅之丞、今は是非もなし。一通を残して、わずかな知るべを頼りに難波《なにわ》を指して旅立った。

艶《えん》紫《し》娯《ご》拾《じゅう》余《よ》帖《ちょう》

歌川国貞

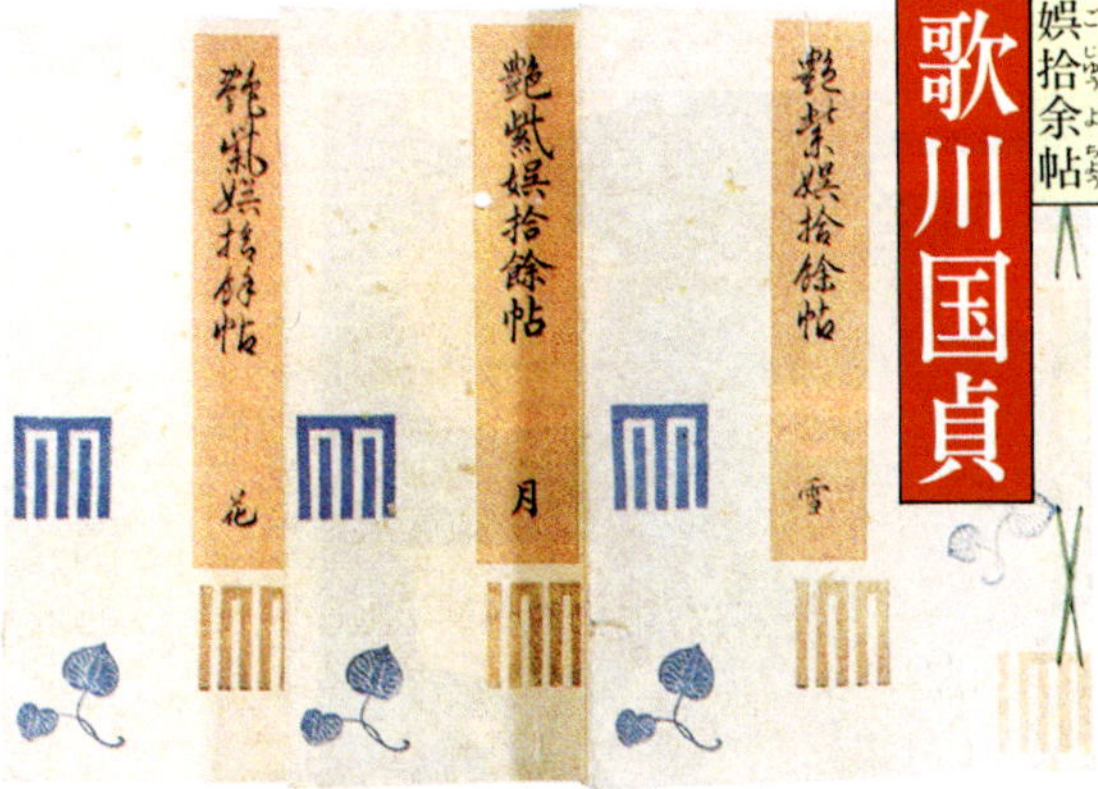

女「アレサ、そのような窮屈なことをせずと、本当に寝てしなんしな。エエモウじれってえよ。主《ぬし》はなぜこのように可愛いいのかえ。男というものはてえげえ浮気なものだから、外に惚れた女郎衆があってこのようなことをしていなんしたら、わたしは生きも死にもなりいせんと思えば、しみじみ腹が立って、顔がかっかと熱くなるようで胸が燃えたつようでありいすよ」

男「これさ、するときに口をきくな。情がねえようで気が移らねえ。こうしてするも、また一流だ。もっと広げてもいいわ。これに遠慮がいるものか」

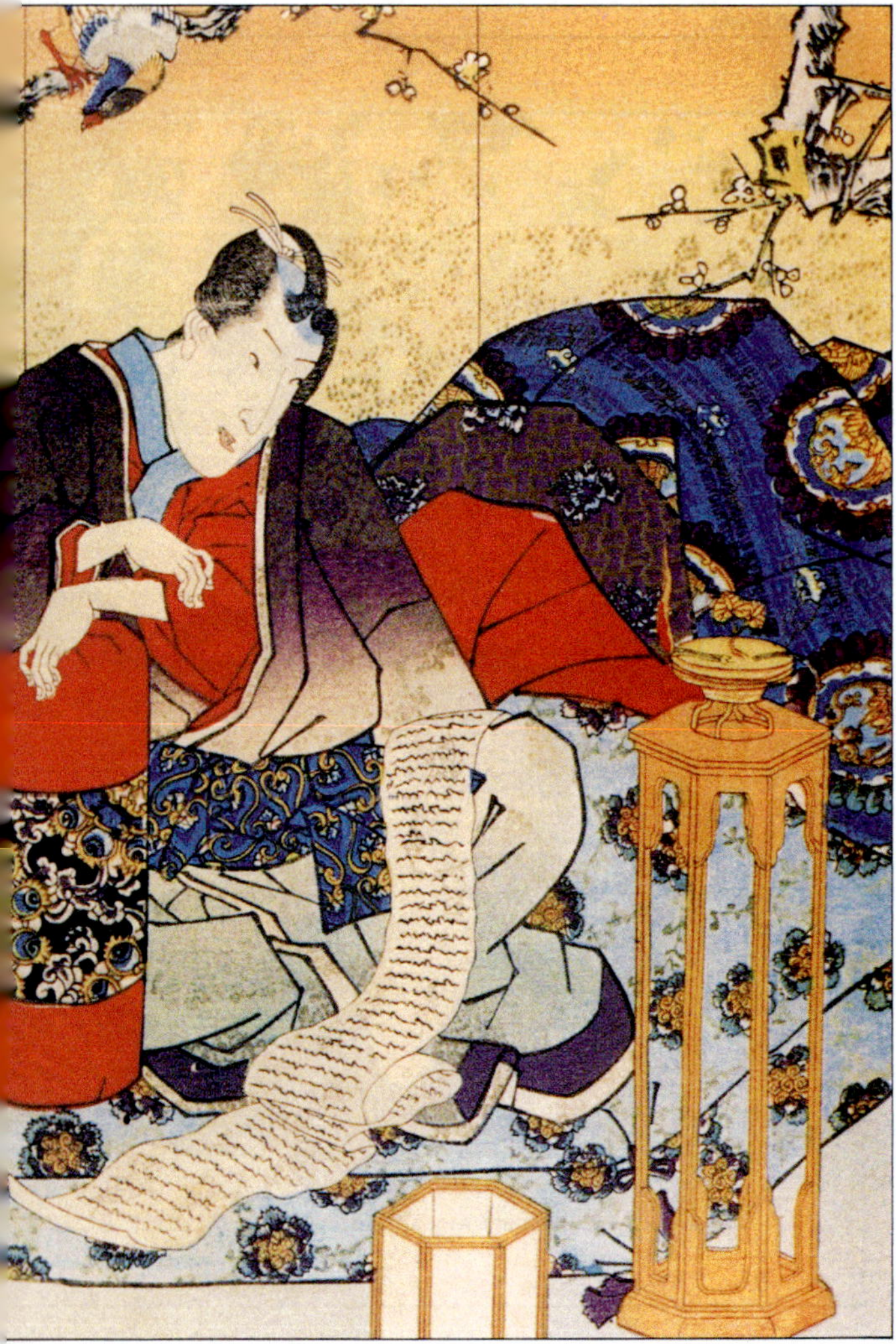

男「死のうとまで思いつめたる心根が不憫ゆえ、望みはかなえてとらするぞ。思いこがれし溜《たまり》なみだ、泉のように出すわ出すわ」

女「わが君さまのありがたい思《おぼ》し召し、なかなか口では申し上げられませねど、顔《かんばせ》を汚してなりと、せめてこの世の思い出と、狭き女子の心から思いつめたる一心が届いたゆえに、もったいない、お指先を汚します。お許しなされて下さりませ」

女「上《うえ》つ方《がた》というものはホンニ羨しいものじゃ。うまいもの、おいしいものはお好み次第、夜でも昼でもなされたいときは、女子をとらえて、ところきらわず遊ばすことのお上手さ。一度お情けにあずかった女子は一生涯忘れられぬほどよい君じゃという噂。聞けば聞くほど羨しいことじゃわいなあ。心が味になってきた。どうしたらよかろうのう」

男「たらちめというは表向きのことなれば、いかにもして、人目を避けて折々の忍び逢い、行末長き比翼の語らい。たとえいかなる障《さわ》りができて、仲を裂かれて年を経るとても、お心変りはございませぬか」

女「何の、よそよそしいそのお言葉。わらわの方に心変わりが何ゆえにあろうぞ。壁に耳ある世のたとえ。人や聞く、ひそかにひそかに」

男「私は何だか体がふるえて怖くてなりませぬ。それにあまりぬらぬらしてたわいがないようでござります。人が見つけたら何と申しましょう。もういきそうでござります。やってもようござりますか」

女「犬猫のさかるを見てさえ情が起こってならぬものを、あなた達のいちゃつきを聞いては、どうにもこらえられぬ。エエモウ不器用な子だ。もっときつく腰をつかって奥の方を突くのじゃというに。アアいきかかっても、そのようにまだるっこくては、思うようにやれぬというに」

男「敷島の道の聖《ひじり》と仰ぐなるこの神垣も賢けれど、ここで逢うのが結ぶの神、人目の関をはばかれば、明かりを示して何かの話、ゆるゆる致すでございましょう」

女「あの、いんぎんなるご挨拶。恋に上下の隔てはない。嫌なる人に添い伏しして百年《ももとせ》を長らうより、好いた殿ごにただいちど帯紐といて逢うたるうえは、なんの命も惜しかろう。思えば粋《すい》な人丸さん、心で拝んでおりますわいな」

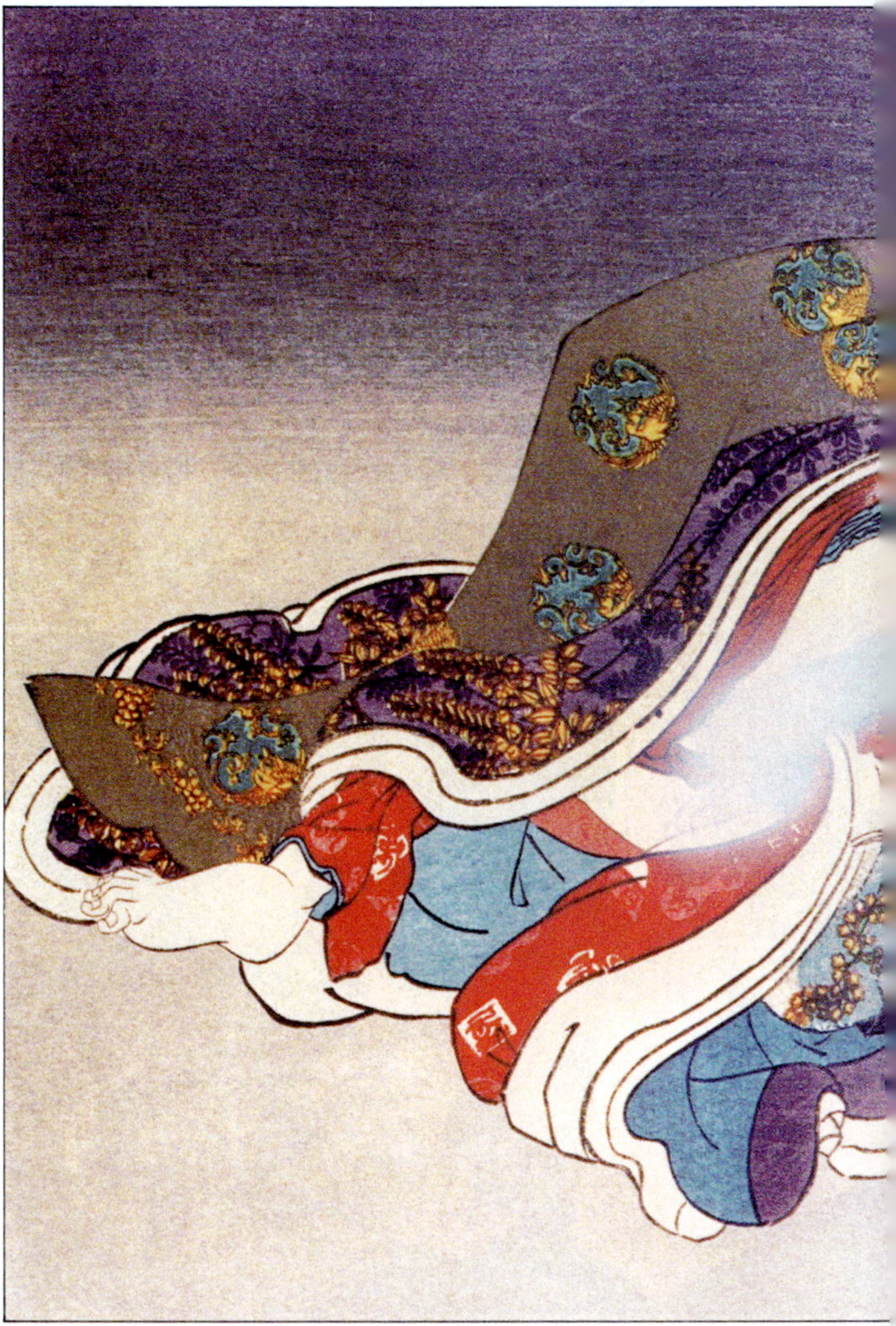

男「わが君のお入りを幸い、そのどさくさにまぎらして、かねての思いをはらさんと、十か九つしおおせたに、この期に及んでたまがえり、たま〳〵ごとに玉の汗、こっちの玉を握られてはどうもかなわぬ。許してたまわれ許してたまわれ」

女

「親にひとしきわたしをとらえて、あだいやらしい悪ふざけ、犬にも劣る畜生《ちくしょう》侍《ざむらい》、ただの女子と侮って手ごめにこの身をさしゃんすと、酒のうえとは言わさぬぞえ。とてもかなわぬ非道の恋路、むりなことして必ず後悔しなさんすな」

花は盛りに月はくまなきを春とはいえど、この朧夜《おぼろよ》に如《し》くものぞなき。如くものといえば敷物《しきもの》もなく、このまま、ごろり酒というものは恋の仲立ち、情の取り持ち、たとえこの身は罪せらるるとも、どうしてこのまま見逃してなるものか。寝取りと出かけるは幽霊の鳴《なり》物《もの》なれど、しばし薄どろどろとやりかけようか。

男「絵書き、花結びよりよいことを教えてやりましょう。この筆に墨をとくと含まするように、唾を指先につけてそろそろと触《いろ》うてやるのじゃ。何と痛うはあるまいがね」

女「アアモシ、およしあそばせ。おそれ多うございます。あの子たちも見ております。いっそ恥ずかしゅうございます」

子供「おやおや、御前さまとあの子といいろだいいろだ〳〵。おいらは知らね。ほうよう」

女「ほんに男がたというのは羨ましいものじゃ。いつとてもなされたいと思し召すときには、お心のまま、奥さま、側室、お側女中、年増でも新造でも否応ならぬ御前の御意。それにひきかえ、われわれは、独り寝る夜のさびしさに、べっ甲細工の互い肩、見合わせすることもままならぬ奥づとめ。早う男をもって、旦那さまよ、こちの人よと、芝居で役者のするように、女の方から持ちかけて、粋な男を抱いて寝て、互いに腰のつづく限り、入れさせたりいじらせたり、たんのうするほどしたならば、うれしかろうと思うほど、身も世もあらず待ち久しい。ことさら結構なあのお道具。しゃきっとしたる大上《うわぞ》反り、せめて一生の思い出に、たった一度のお情けにあずかりたいものである。こういううちにも股ぐらがぬる〳〵と、エェ気味がわるい」

男「何も怖くはない、じっとしておれ。唾《つばき》をたんとつけて、そろそろと頭を入れてみて、痛うなければ少しずつ半分ばかり入れてみよう。一両と思って辛抱して、

はばったいのをこらえておれば、だんだんよくなってくるものじゃ。ソレモウ潤いが出るわ出るわ。この吐淫《といん》をつけてすれば痛むことはない。たびたび新開《あらばち》を試してみたが、そなたのような肉厚な上開《じょうかい》はめったにあるまい。少しのことじゃ。こらえていりゃ。望みの物をとらするぞ」

男「帯も解かぬゆえ窮屈には覚ゆるが、褥《しとね》の上より格別に気が変わって、抱きついて額口をすりつけい」

女「ここは板の間ゆえ、おみ足が痛みはいたしませぬか。わらははまた、いきそうでございます。もちっと強くお突きあそばせ」

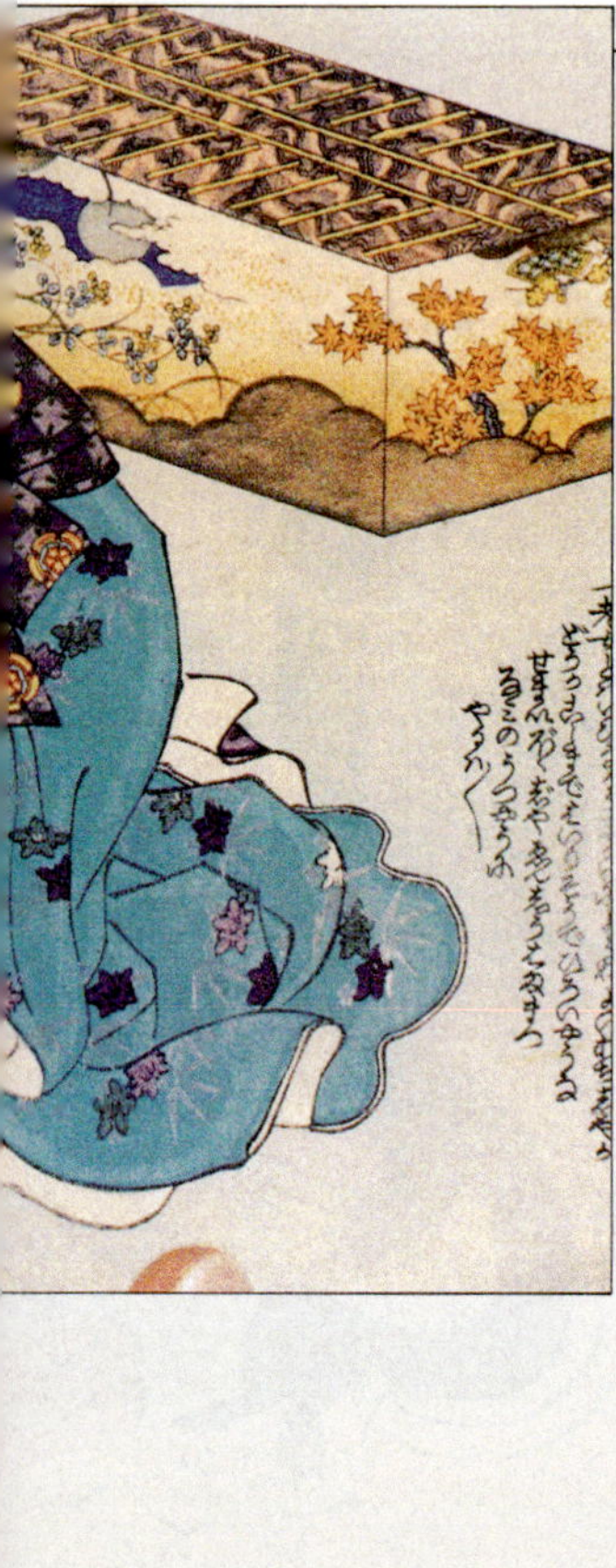

男「老女とはいいながら、見かけによらぬよい味じゃが、なにか腰まで入れそうで、広いような狭いぼぼじゃ。遠州浜松、波のうつようにやるわ〳〵。下世話に申す諺に、据風呂桶にてごぼうを洗う、ということをかねてより知りたるゆえ、両足を開かせず、惜しげもなく大腰につかいたるに、思いのほかの章魚開《たこつび》にて、吸いついて、抜き差しかなわぬわえ。今でさえ若い者に劣らぬ上開《じょうかい》、今十年若くんば、いかなることかし出《いだ》さん。そなたの顔の皺を見てはなかなか情は移らぬが、何か道具が巻きついて、雁首を締むるような。こういう味と知るならば、早くにおかしてとらするものを、これまで知らずに過ごせしは、残念千ばん。そのように吸いつかれてはやらずにおれぬ。惜しいがやってしまおう。おぬしもともども思いきりやったやった」

女
「わたくしは最前より幾度やったか知れませぬ。定めし他愛がございますまいが、拭く間も惜しゅうございます。どうにもよくってなりませぬ。いっそ殺して下さりませ」

男「そなたはやってはわるいほどに、じっとこらえているがよい。わしばかりじきにやる」

女「たとえ病気に障《さわ》ればとて、どうまあこらえていられましょう。とてものことにほんとうに抱きつかせて下さりませ」

男「手医者どもが何と言おうが、身はすればするほど達者になって、この上を越す養生の術があるものか。毎日〳〵昼夜をかけて五、六番は欠かさぬつもりじゃ」

艶紫娯拾余帖

御儒軍鈴臣董之

賜紫堀用又次郎画

龍紫娯拾弐帖

金勝堂梓板

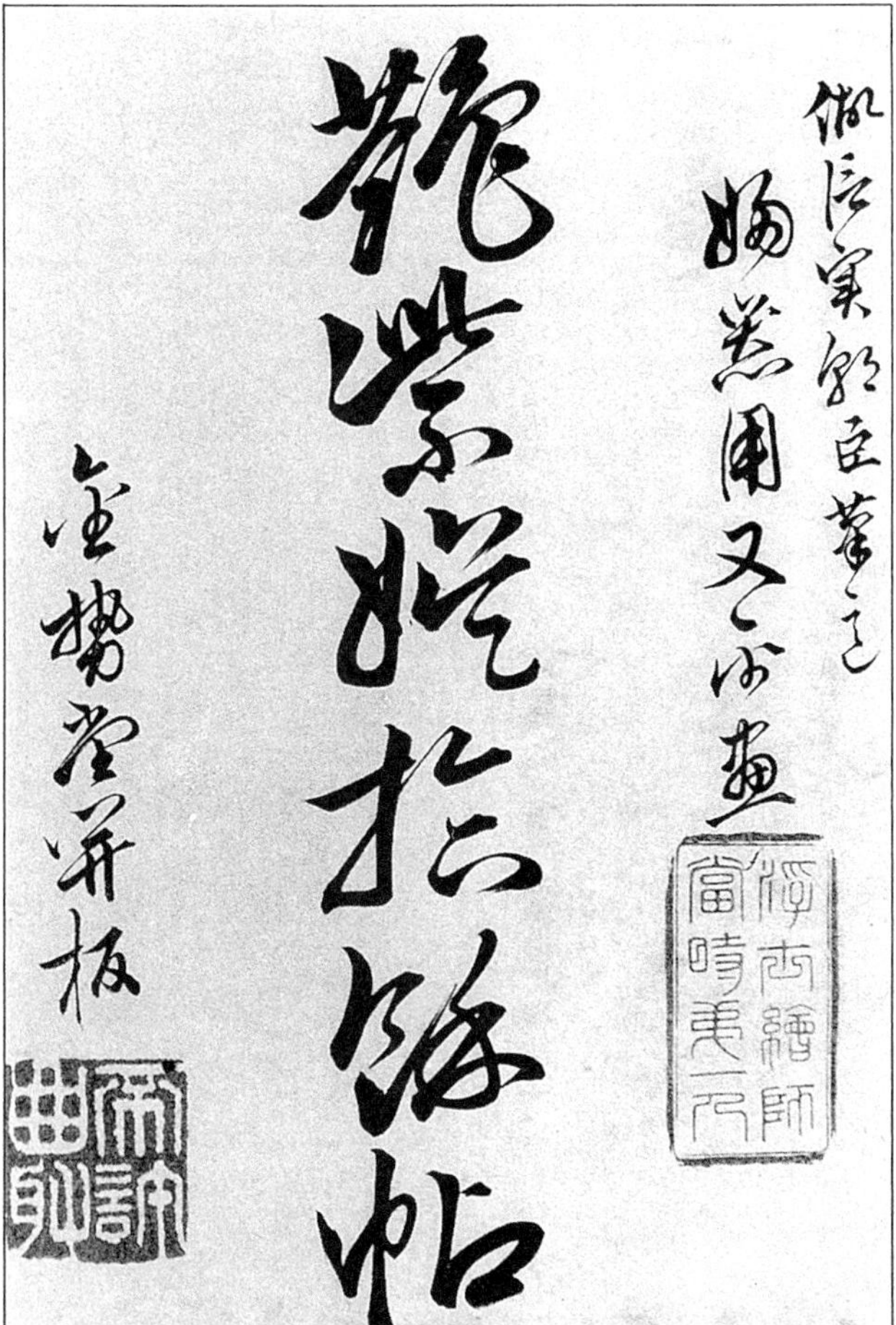

序

偃息図《おそくず》の絵から信実の朝臣が書き残したというのを写したものがあるのをみれば、枕物語は早くもその頃から出はじめたものと思われる。

人の閨中のことには遠慮すべきであるのにこれを書きしるすのは、たわむれに過ぎ、嘆かわしく憎らしくさえ思われるが、古より人の心に深くかかわるもの恋にまさるものはないのであるから、かえって枕物語は人の真を伝えるものではないだろうか。

けだし、五条の三位が、もし恋をしなかったら人と寝ることとさえ知らなかっただろうと詠んだとき、それは道理であった。

昔の物語が旨としたのは男女の仲のことであった。なかでも源氏物語は、すぐれて上手の文書きが深く心を入れた作品であるから、恋する人のさまざまについて、おもしろいことも、悲しいことも、うらめしいことも、おかしいことも、こまやかに書きつづられて、恋の情を尽くしてみせている。

しかし、この物語は、詞《ことば》づかいを知らない者には何とも読みづらくたどたどしいことだろうが、今かの冊子を見ると、物語のおもしろさを偃息図《おそくず》の絵などに書きあらわし、紫の上のおおらかに神々しく、明石の上の心高いつつましさをはじめ、葵の上の浮かれ振り、六条御《み》息所《やすどころ》のくねくねしき、花散里のしめやかさから、軒端の萩の淡々《あわあわ》しさまで、すべて女の特色を今様の姿に描き写しているから、たびたび開き見ても恋心を動かされない者はいないだろう。

夕霧、薫のまじめさも、ふしぎと自分なりにわかるような気がするし、まして源氏の君、匂宮らのなまめかしく恋にひたむきなのには、わけもなく堪えがたい気がするのである。

そもそも源氏物語を儒仏の道々しき書になぞらえる皮相の見方もあるが、まことに両道の戒めなどとするまんざらでもない意見もあるから、同じく好色の戒めであるといえばいえるだろう。

みなもとの光清しるす

冷爐灰
残肴
更有
枕辺
堆阿娘
不管了
鬆鬧姉
妹相
邀也
飲来

雪の巻

袖の氷を払う物陰もないと、心をまぎらわせて内に閉じこもる雪の日は、河豚《ふぐ》と炬燵《こたつ》――ともにあたるという縁でもないが――に親しむよりない。

今しも、三人の男、女のはなしにふけっている。そのなかの九州あたりを歩き回ってきた男、知らぬことは話にもならず、見ぬことは真似もできぬと、昔からのたとえのとおり、備後備中の片田舎に半通《はんかよ》いということがあると言う。「半通いとは何ぞ」と問うと、男、答えて言うには――嫁入って後三月の間は、月の半分は夫の家にあり、あとの半分は親里に居るとのこと。幼い娘をはじめとして、十九やはたち、三十に近い女まで半通いすることがある。

三都はいうまでもなく繁華の地には嘘らしくきこえるが辺部遠境のならいである。どのような粋な親父が考え出したことかは知らぬが、まことにもっともなならいではある。そもそも男心は飛鳥川の淵瀬のたとえではないが変わりやすく、深い仲でも鼻につけば、馴れるは飽きるで、馳走もつづけると、鯛やひらめは食いあきた、下魚が食いたいなどとつまみ食いに出かける。変わりばえのしない本膳はおもしろくないとうそぶく。

一方、女は悋《りん》気の者。伊勢の神は女神さま、神代とは女の神がしろしめした世であった。何じょう男のままになるものか。夫のすることに口出しするななどと言おうものなら瞋恚《しんい》の炎《ほむら》を心の底に焚きつぐ。そうなっては、夫婦《みょうと》の間に秋風が立つのは時の問題。

そも、嫁入ってからの十四、五夜というものは、夜を日についで夫に抱きつづけられる日々である。よくつづくものだとわれながらその助平さかげんに自分ながら呆れるほど。そんな半月が過ぎて親里へ帰る半通《はんがよ》いのならいは、非情に見えてひとしお恋の情を増すはからいなのである。

さて、半通いする女の心ほどおかしいものはない。夫の家にいるときは、やがては親許に帰って半月は夫の肌から離れていなくてはならぬと思うと、もう夫が愛《いと》しく、間がな隙がな納戸にて忍び合い、帯も解かず夫のところに押しつけ〝人こそ知らね乾く間もない〟ので、ぬら〳〵するところに紙を挟んでいる。

考えるのはする事だけ、飯を食っているときさえ目に浮かぶのは夫の一物。明日は親許へ帰る夜などは推して知るべし。夢も結ばず一つの夜着に顔が二つ、いつか離れん比翼連理、これ以上の楽しみがあるものか……。

親里へもどるや、月の障《さわ》りもおあつらえどおりに日を経て、あと幾日で夫の許に帰り枕を並べんと指折り数えるのもたのしい。

ようよう半月たって夫の家にもどれば、何くれとなく雑事を片づけて、日の暮れるのを待ちかねて寝間に入り、帯ひきさばき一人寝のわびしさを訴える。

夫、春風に帆柱打ち立てて小踊りする一物を女房に握らせ、しどけない内股へのりかかり、空割れを撫であげれば、もう溢れんばかりのぬめりかげん。

岩をもつんざく一物に手を添えて二度三度ぬめらせば、何の苦もなくぬる〱と打ち沈み。半月間待ちわびた情《なさけ》の溜め水がかい出す如く溢れ出る。

抜き差しもせずそのままましがみついているが、双方「ああ」と口走って気を洩らす。あまりに早い仕舞《しまい》だが、これが半通いの真骨頂《しんこっちょう》。一日を千秋に待ちわびた女夫《みょうと》の初戦である。なおも一物は壺中にあって、熱きこと松明《たいまつ》の如く、強きこと金てこの如く、突き、くじれば、女は枕をはずし、髪を乱し、「そこを深う」ともだえ、いつか布団《ふとん》をのり出してのたうつ……。

「その夜泊まり合わせてわしもひょんな日待ちをしたよ」

と男が言うと、いま一人の男がつづけた——

世に新開《あらばち》ほどいいものはない、新開に当たった者がうらやましいと言うが、雁も鳩も食った者だけが味を知っている。その身にならなければ合点がいかぬものである。新開は味もなく、香りもなく、音もなければ科白《せりふ》もない。いかに唾をたくさんつけても大口に物を食うようで、痛まずともはばったく、大いに迷惑なものよしである。鰻に山椒、金魚にとうがらし、すっぽんに蓼のここち、ただすこ〱というよりほかにない。

十四、五歳の新開より慣れさせても、二月や三月でほんとうの味の出るものではない。

こう言うとすれっからしの女がいいというように聞こえるが、そうではない。数多の男に逢った女は二十《はたち》にならなくても、玉門の内は強《こわ》くなり、間口も広がってしまりがわるい。ところが、自分が新開より割り初《そめ》た玉門は、その一物のほかの癖を知らないから、いつまでもしっくりして、それは格別の上開《じょうかい》になる。四十の坂を越えても若いときと違わない。一生の徳というものである。

さて、新枕、里帰りから一年や二年は、気がゆくだけで男女とも技の上達はなく、おもしろみも薄いが、そのうちに女もよがるということを覚える。腰の使いよう、持ち上げて尻の振りよう、いろいろな手を覚えて男のすることを女のほうから仕かける。なえた一物をいじり起こし、男の上からかぶさるほどに押しがつよくなる。

なりふりかまわず歯を食いしめるほどに増長し、手も足も振ってどこぞのだるまの尻腐れ、だんだんに文弥《ぶんや》が出て、いつか大声のたけりがつく。意味もない夢見るようなことを口走る。

そんな上々の好き女に仕込み、春の朝《あした》の姫始めは、一つは少なし二つは数が悪いと三つ重ねるは三組盃《みつくみさかずき》の格で、初献二こん三ごん目は大きく広くして永くたのしむのが年神《としがみ》さまへのご奉公。年越しは冬と春の離れるときだから一つ所に抱き合って寝よう。雨の降る夜は世間がしっぽりしてよく、雪の夜は明け方が冷えるから宵から炬燵《こたつ》で寝ようか。やっぱり裸で抱き合って寝るのが分別というものだ。秋は七夕《たなばた》さまの女夫《みょうと》がうらやましい。いやいや年に一度では味けがない。年中一緒に寝かせてあげたいもの。夏の夕の涼しいときは、蚊張《かや》の内の曲取りがおもしろい。

冬は、囲いの四畳半で茶臼を賞味すべきだ。男の膝にまたがり、一物の頭を持ちそえて下から上へ貫かせれば、待ちかねて潤い満ちた玉の門、ひとさらえもしないのにぬらぬらぬっと子宮《こつぼ》のまわり。男の肩にしがみつき、われとわが好むところをすりつける。淫水の流れて金の玉に伝う。これはひどい。気をやるな。しばらくこらえよと、悶《もだ》え揺れるのを本手《ほんで》に取って替るのはまた格別の趣だ。

左右上下まんべんなく突き回し、淵にのぞむ竜の如く深く〳〵ものすれば、九万九千の毛の孔、九百九十九の骨々、いっときにゆるむごとく、二千世界が襟首に寄るようでござりますとは、だれが言いならわしたことじゃやら。

あとで顔を見られてよくまあ恥ずかしくないものと毎度々々思うのだが、どうしても声を立てずにはおられましょう。幾度やったか数も知られませぬと、おふね女は世帯の半分はこの一儀を思うこと、する事に凝るものである。

このような淫心盛んな女に出合う男は必ず慎しまないと腎虚火動の病が出て、頤《あご》で蝿を追う身になる。おのずからこのような女は戦事《いくさごと》短くては得心せぬものだが、男のほうもつづけて気をやっていては、いかに強腎張りでもたまったものではない。

かくて気をやらぬための秘伝がある。

女に存分に励ませ、半時《はんとき》（一時間）でも一時《いっとき》（二時間）でも、男は一物《いつもつ》を木のようにおっ立て、抜き差すほどにくびれたように太くなり、思う宮《つぼ》を突き立てれば、女の水は、かい取りで鯉や鮒が手取りできるほど出つくす……というのが望ましいのだが、大方は十人が十人、その真っ最中に降参してしまう。女、もの足らずこすりつけるが、一物、頭も上げぬではさまにもならぬ。

で、大事の一戦には、清浄なる冷水《ひやみず》を一口呑んでのぞむがよい。そうすれば日ごろ短気な若武者も気おくれせずはやりもせぬものだ。打ち合い数合に及んでも負けぬのが不思議である。万一精気が漏れそうになったら、指先に水をつけて己《おの》が臍《ほぞ》を濡らすがよい。すでに危うくみえるときは、槍先をとどめ不動の体《たい》をとること。大酒大食の後の蒸し返しは大毒である。

戦場の男は、終始精気を保ち、女には十二分の喜悦をとらせるよう心掛けねばならぬ。女の好むままに縦横無尽に深浅の秘術をつくす。五尺の体、一身の力を一物の先に集めて立ち向かえば、女の魂とろけ、世迷い言《ごと》を口走る。啞の女もしゃべるとか……。

月の巻

今の世の習いに、風月をたのしむと称していたずらに酒を飲み物を食う奢りをきわめた風流遊びがあるが、人と月花に馳せる真《まこと》の心からは遠いものである。

山月を望んでは目を離さず打ち眺め、己だけは知っているという顔で古歌などを吟じているが、古人《いにしえびと》はわれらを知らず、われらまた古人に逢うこともない。ただ月は代々《よよ》の人々を映す鏡だという。李白が月は昔の月であると賦したのはもっともなことである。

だから、今の人にそういった才がなかったら、古人が今の世に現われたとしても、それと知って打ち交わり遊ぶことはできそうにもない。また今の心合うような古人なら月に恋いはべることなどしないだろう。

或る者は、月のよい宵であっても、夜風が肌にしみると言って、戸を立てまわして酒を飲んでいる。あるいは花の枝をへし折って酒樽に結びつけ、流行《はや》り唄をうたい、淫声を張り上げ、むやみにわめき、花が散ろうが月が曇ろうがお構いなしといった調子である。

このような世のさまをなげかわしいと思うせいか、月のよい宵も花の盛りの季も、ただうつら〳〵と心に浮かぶままに物する私の歌はいうまでもないが、古人は人の心の憂さにまで思いをやって月を賞したであろう。

しかし近頃、花を愛らしいと思うほど、うれしいにつけ悲しいにつけ、わが身の上のことばかり思いやられるようになり、くさぐさのことを書きとめておこうと思ったが、だれに見せだれに告げるつもりであるか。告げる人がいたとしても、悲しさのやむはずはない。また見せようとする人も告げようとする私も、いつまでこの月花に対しておられるかと思うと昔が懐かしく後の世が恋しく、長々と膝を抱いていたが、とうとう戸を閉ざして奥へ入り、枕に凭《よ》ったが、心の底までさえざえとして眠られそうにない。

古人が、眠られぬままに、月はどうだろう、花はどうだろうと立ち出でて月に想いを述べ、後朝《きぬぎぬ》の別れに有明の月を悲しいとみたのはまこと道理である。

眠られぬままに硯を引き寄せて、色道の奥儀のあらましを書きつけた。

およそ恋とは、男と女が切ない想いを交わし合うことをいうのであるから、新枕《にいまくら》を交わすことを夢みて、歌をよみ、恋文をつづり、よき娘を求めるのも、はてはしたりさせたりすることを義とするものである。

人目を忍んで剣の刃を渡るようにして逢《お》う瀬《せ》を重ね、そのうちに双方の親の得心するところとなり祝言《しゅうげん》にこぎつける。

天下晴れての新枕というのが祝言の夜の床入りである。「初床《はつどこ》」または「水揚床《みずあげどこ》」、俗には新開《あらばち》といい〝寝入らずのあら〟ともいう。

今どきの女子に、十五、六まで男の肌を知らぬ者はないが、表向きは〝初めて〟である。

なかには古風を守って処女《おとめ》のままで初床にのぞむ女子もある。そういう嫁に当たった聟《むこ》は幸運というべきであろう。

〝初めて〟の娘には、その夜のし初《ぞめ》は恐ろしいことのように思われるが、嫁入りするほどの年頃では〝常磐の山の岩つつじ〟いわねばこそあれ、したい心はみな同じであるから、宵の内の三三九度の盃事など決まり事の永々しいこと、あちこちの挨拶回りにもいらいらのしどおしである。

色直しして寝間の盃事を終えれば、仲人たちは勝手へ引き下がり、ようやく床を傍に二人だけの差し向かい、「末長うよろしく……」と挨拶などして床に入る。

床入りしてすぐ手を出すのは物欲しそうだから、心利いた腰元あるいは女中に言いつけて、嫁の帯を解かしておくがよい。さもないと、帯紐を解くのに手間どって、門《かど》にものぞまないうちに〝鳥が鳴く〟ことになっては男たるもの不本意この上もない。

寝巻をはだけて肌と肌が触れ合えば、どんなに気後れしている娘でも乙《おつ》な気になって抱きついてくるもの。だが、初めより割り込んではならない。わしらは夫婦《みょうと》になった。神仏《かみほとけ》に許された仲だから、行末まで安心してわたしに身を任せるがよい、などと語りつつ、そろ〳〵と割り込むがよい。

いきなり玉門をいじってはならない。手で触れられるのは、初めは恥ずかしくこそばゆいものらしい。玉茎に唾を存分につけて玉門に押し当て、そっと突くようにする。

女のほうも、宵の内から待たされつづけたことでもあり、男の物にようやく会ってたちまち潤いでるが、根まで入るときは痛みを覚えて身を乗り出すものだ。そのとき肩に手をかけてはならない。一両度はそのままに、男は情を残すべきであり、蒸し返しは無用である。

初めや両三度くらいは、女は何がよいのかもわからない。玉門のふちがひりひりするだけだという。

初めての玉門は狭くてなかなかきついから本手でのぞまねばならない。まず女を仰向けにし、男は裸になってのりかかる。左手を女の股倉にやり、右手で股を広げて、まっすぐに割り込めば、小さめの新開《あらばち》でも痛まぬものである。

女は二・七の十四にして経水が通じ、男欲しい思いにかられる。未通者《おぼこ》でも、その場にのぞみその時になれば先走りの淫水をこぼす。

戦場経験の少ない男は、初めての戦場がぬらぬらすると、してやったりと思うがそれは大間違い。ほんとうの生娘でも、事にのぞんで吐淫の多い者はいるのである。だから、未通女を納得させずにしてはならない。たとえ男は気をやっても、女は何のいいことはなく、玉門のふちがひりつくだけということがときにある。

十二、三の女子でも手に入れようと思うなら、おもちゃ、菓子などをくれて手なづけ、見世物や芝居などに連れ歩いた夜、まだ毛も生えていないところをそろ〳〵と撫でまわし、くすぐったいなどと言うのを、よいことを教えてやる、欲しい物を買ってやるからおとなしくしておれ、などとさとし、指に唾をつけて静かに探るがよい。

二度三度と探れば新開《あらばち》も自然に開け、少しずつ広がるものだ。月のものも見ない少女でも、おりおりは自ら玉門をいじって心きざしたことはあるはずだから、次第に息はずませる機をはずさす行なうがよい。

このようにすれば、水揚げする少女でも年増の玉門と違わない味わいがあるが、なにしろ毛の生えていないかわらけのことだから、深くおさめて毛際にて玉門のふちをこすると痛がる。深突きを好む者も心すべきである。

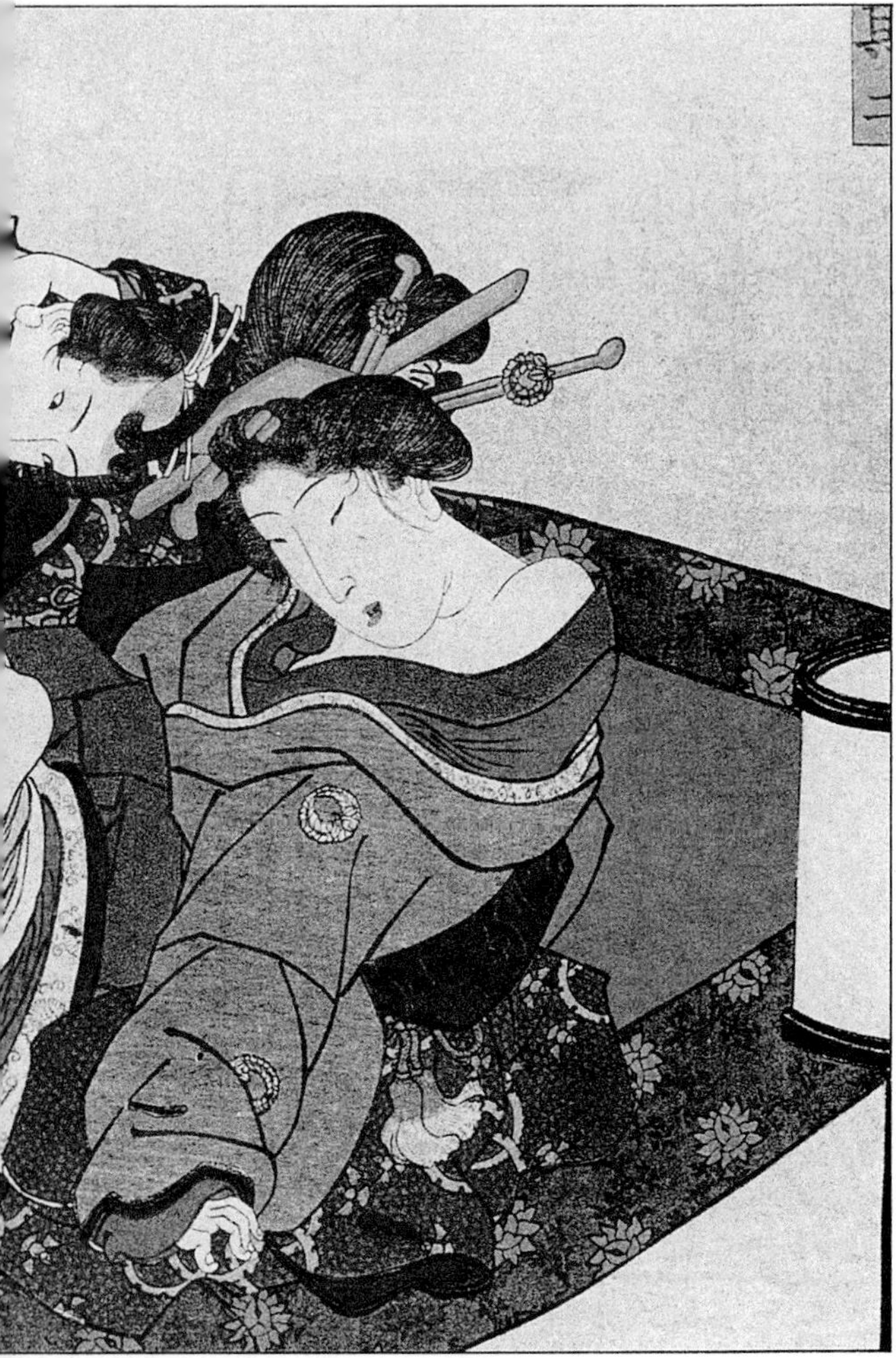

花の巻

花が咲けば実を結ぶこと天地自然の道理である。人を恋するのは、花が咲くのを待ちたのしむこころと同じことで、自分の思う花を手折《たお》ったり、咲き満ちて葉桜となるは半元服《はんげんぷく》（女は眉毛をおとさず、かねをつけ、丸まげに結う）の女房ぶりに似て、やがてさくらん坊の実が出来る。

身ごもるのは閨事には迷惑なことだが、花の盛りをめでた報いというものである。

女に身ごもるということがなかったら、だれにさせても、ちょっとの間のしんぼうと、醜《ぶ》男だろうと爺いだろうと、くぐり戸のように玉門をくぐらせ、身は栄燿栄華をつくせるが、しろうとのかなしさ、たちまちはらんでしまうので、空いているからといってむやみに貸すわけにはいかず、やむをえず貞女振りにとりすますことになる。世に女ほど罪深いものはない。

嫁入りして半年たたないのに腹が目立ってきて、お土産付きか、腹にあるのを承知でもらったのかと不審がられるほど早いものもあれば、二年三年または五年七年とかかるものもある。励《はげ》んだからといって出来るものでもなく、何となき小夜のしたたりが凝り固まって子となる。

妊娠のきざしの現われる頃は、とりわけ男の味が欲しく、寝ても覚めても思うのはすることばかり。股倉は湿りっぱなし、一物なら、生えずめというわけであるが、そこが女の悲しさは白栗を食《は》むばかりなる。夜に入るのを待ちかねて、床に入ればいれずめ、寝入っている男を揺り起こしてでもさせずにはおかない。女の淫心もっとも盛んな季節で、玉門の内は温かなること湯の如く、子宮《こつぼ》はたかまって、一物を迎えるやいなや雁首に吸いつき、口で吸う如く舌でなめる如くであるが、男は子宮をはずして奥深く突き、あるいは浅くあしらい、左右上下に腰を回して吸い込まれぬよう用心しなくてはならぬ。

吸い込まれたらこらえるすべはない。男の精を吸い取る力このとき日頃の十層倍におよぶ。女、闘中にかゆみを生じ、予宮しぜんと口を開き、雁首をくわえんとして、飢えたる虎の狗《く》児《じ》を追うに似ている。淫心懊乱《おうらん》して酒に酔うた如くあらぬことを口走ってよろこぶ。子をはらみつつあることのしるしである。

月のものが絶える頃から常々に輪をかけて助平になる。一朝《いっちょう》一物を食わえ込んだら恥も外聞もなくなるのがこの頃である。

とまれ、妊娠五月六月までは不断の如く交わってかまわぬが、七月頃よりつつしみだす必要がある。毎日はいけない。五日に一度、十日に三度くらいにしておくがよい。

だが、これでは女のほうは徒然《つれづれ》すぎて玉門のむずかりに堪えず、生まれ月までする者もある。毒だとわかっていてもせずにいられぬのがこの事である。

腹の子が太りだしてからは上に乗るのは禁物である。後ろからなどを心がけるべきで、はらみ女は尻が出て腹が張るものであるから、その姿勢は女に任せなければならぬ。

妊娠中の技は指人形が一番である。左右勝手のいいほうでいじるのである。しかし指の節目には限りがあり、深くは入れることはできない。指を用いる効用は玉門の口を広げておくことにある。こうしておけば子を生むとき裂ける心配もないし、子にも窮屈な思いをさせることがない。

前後左右に万遍なく指を用いれば、湿りはしたたるほどになり、間口は開いて指の三、四本は入る。かくて後ろから一物を抜き差しすれば、深く浅く自在で、ただちに気がゆくものである。女はよろこび、男はつかれず、生まれる子の尻に跡がつく気づかいもない。

産後七十五日は万事に毒忌《いみ》をこころがけねばならない。第一に交りをいましめる。もし過ちをするときは血を騒がせて病となる。子を産んで七日八日は下りものもあって、しろといってもできるものではないが、若い男と女のこと、だんだんに病のことを忘れ、死んでもいいからしたいなどという了見を起こすものであるから、産後は夫婦の部屋を分けるとか、毛虫親父か百成婆を側に寝かすことだ。

さて初産女の玉門の風味ほどすぐれたものはない。田舎の諺に〝青田八反にもかえられぬ〟とあるほど。子を産んだあとの玉門は、悪血下って真血ととのい、上水を流した米の如く純粋の味わいとなり、肉合いもむっちりと温かなこと蒸すが如く、筆舌につくしがたいものである。

ただひとつ不都合なのは、以前にくらべて口元のひろがったことである。抜き差しの始めの頃はともかく、潤いわたった後は据風呂桶《すえふろおけ》でごぼうを洗うようになるのはやむを得ないことではある。

この広がった玉門を味わう秘伝がある。まず本手に取り腕み、一物を半ば差し込んで、女に両足を上げさせる。男は両手をつき、その手で女の太股を挾むようにすれば、玉門狭くなり、新開の上開に似た味わいとなる。

また、女の右足を上げさせ、左足を伸ばさせ、深く突き浅くこすれば、玉門の内《うち》右の方へ玉茎つよく当たりすれる味わいは格別である。上げさせる足、伸ばさせる足、代わる代わるすれば女の悦びこの上もない。流れ出る淫水湧くが如く、太股に伝い、後ろの孔にまで溢れる。

玉門と肛門とは薄い皮一重で隣り合っている。一物の勢いにまかせて両方に抜き差しする者があるが、玉茎が傷つくことがあるからつつしむべきである。

産後の玉門は何となく広く思われるものであるから、途中で玉門も一物もよく拭うがよい。ぬめりがとれてしっくりした締まりが得られる。

また思いきって抜き差しすれば玉門が鳴る。

狭い玉門が鳴るか広いのが鳴るかといえば、すぽ〳〵鳴るのは狭い玉門で、ぴちゃ〳〵いうのは子を産んだ後の門である。音のすさまじさは屛風や障子襖の一重では防ぎきれぬが、鳴物入りで突き立て突き回し、女の喜悦を聞くのは男冥利《みょうり》につきるというもの。

とまれ、閨門のたわむれは男女の常。したりされたり、開《ほぼ》に汁気のあるうち、背骨の砕けぬ間はしつづけるのが人間一生の徳である。女に四、五度の淫を洩らさせ、男永くたのしんで三度に一度気をやるのが男女の養生というものである。

するを毒だという者もあるが、女夫《みょうと》たるもの、生《おえ》づめ入れづめに三日三夜はまだのことで、一年三百八十四日、閏年《うるう》はことさらにおれ込むものときいている。

交合好者の秘伝ばなし。ずんとたくさん仕込んではあるが、丁数に限りがあることゆえ後篇にゆずることにする。

二見レインボー文庫

春画秘帖《しゅんがひちょう》　江戸《えど》のおんな

監修　安田義章《やすだよしあき》
現代語訳　佐野文哉《さのぶんさい》

発行所　株式会社 二見書房
東京都千代田区三崎町2-18-11
電話 03(3515)2311［営業］
03(3515)2313［編集］
振替 00170-4-2639

印刷　株式会社 堀内印刷所
製本　株式会社 村上製本所

落丁·乱丁本はお取り替えいたします。
定価は、カバーに表示してあります。

ISBN978-4-576-15210-3
http://www.futami.co.jp/